JN190032

松村 瞳（文LABO）
マンガ：すぎやまえみこ

# 古典の裏
コテンのウラ

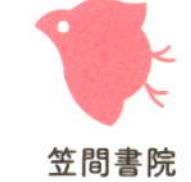

笠間書院

# はじめに

「なんでこんな人生に役に立たないものを頑張って読まなくちゃならないんですか？」

塾で古典を教えていると、毎年生徒からこんな質問をもらいます。そのたびに「まぁ、課せられているんだから頑張ろうよ」と励ますこともなだめることもできるのですが、「役に立たない」というこの鋭い指摘に、なぜか私はいつも納得してしまうのです。

古典の物語は、生活に役立つものなど何一つありません。パソコンやスマホの実用性と比べれば差は歴然ですし、何よりも現代で古典を「実用的に」使うことなど皆無です。教養がつくからと言われても、「そんなものが何の役に立つんですか。センター試験で五十点分の確保しか価値がないじゃないですか！」と言われてしまえば、「その通り」と降参するしかありません。

けれども、多分清少納言も紫式部も、「何かに役立てよう」と思って文章を書いていたわけではないと思うのです。

平安時代、物語は究極の娯楽でした。当時の人々は物語を楽しみ、夢中になり、読むだけでは飽きたらずに似たような物語をたくさん作って流行ったからこそ、長い時を経て現代まで残りました。そこには、「役立つ」などという観点は全くありません。本来、古典は勉強というより、楽しんで読む「読み物」として愛されたものです。

それを、やれ文法がどうだとか、この技法がどうで、これが受験で必須で……と、話しても面白くもなんともありませんし、古典が持つ魅力をむしろ消しているように感じてしまうのです。

誰もが「知っている」と思っている有名古典でも、実は肝心なところを読み落としたり、当時の背景知識がないためにその面白さに気づかなかったり、訳ができても面白さの本質が理解できない状態で、「古典を楽しみなさい」と言っても、それは無理です。

文章の「裏」に隠された当時の人々の事情や、関係性。表面上の現代語訳では見えてこない「秘密」を謎にして問いかけ、平安時代のシチュエーションを現代風に置き換えて話すと、生徒の目がきらきらしてきます。先を知りたい、もっと知りたいと、好奇心が動き出す瞬間が訪れると、抵抗感がなくなり、次々と読めるようになっていきます。古典を全く理解できなかった生徒たちが、です。

堅苦しく真面目に授業をした時よりも、古典の「裏」を読みながら謎かけとともに、平安時代の人々が心から楽しんだ物語を、彼らと同じように楽しんで読んだほうが記憶に残ります。文法なんて、ただのクイズと思えば気も楽だし、コツさえ覚えてしまえば、決して古典は難しくないものです。むしろ、現代小説に匹敵する面白さに満ちています。

一人でも、そんな風に面白がって古典を読んでほしい。古(いにしえ)の人々が愛した物語を、少しでも楽しんでいただけたら幸いです。

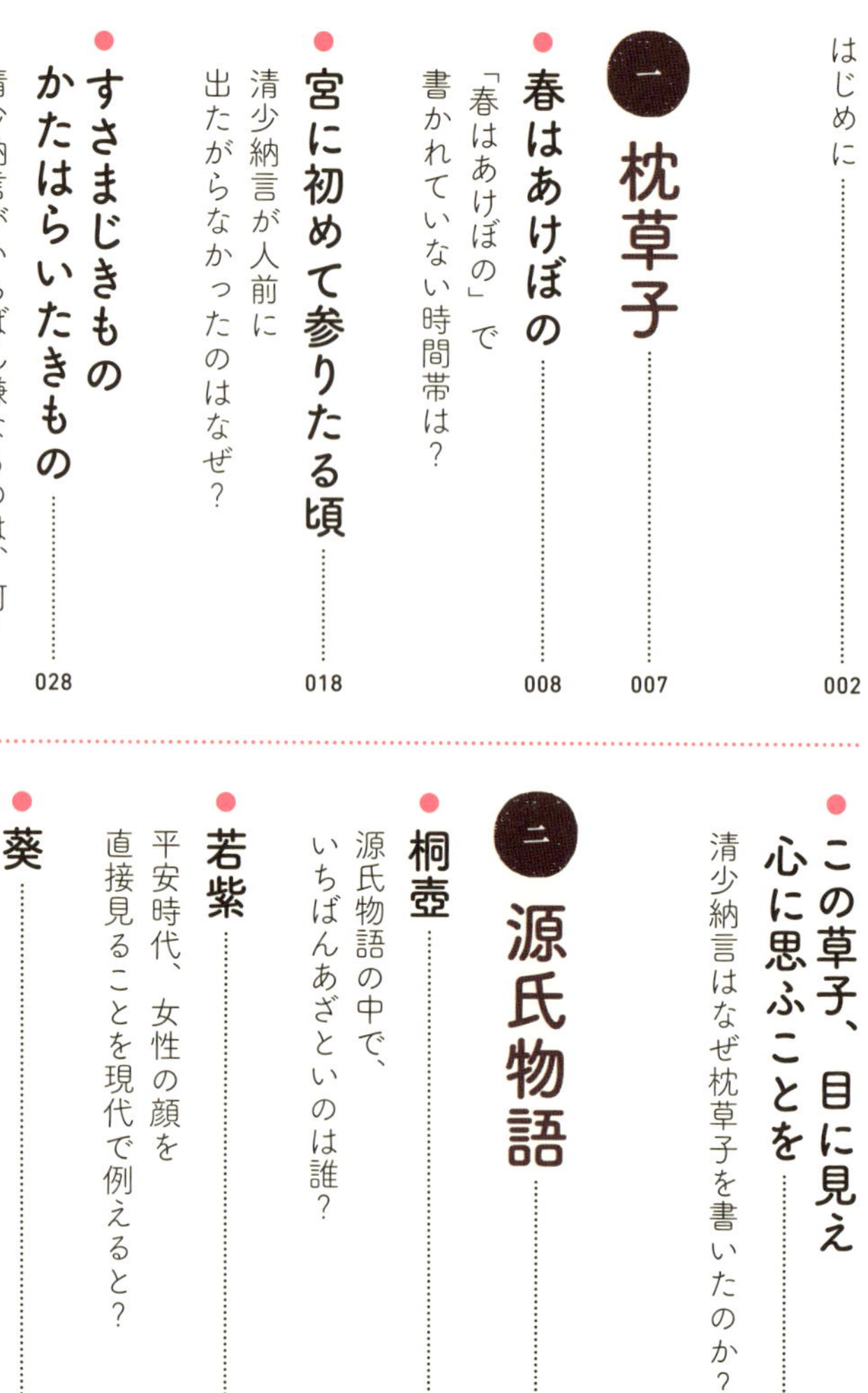

# 一 枕草子

長保三（一〇〇一）年ころ成立とされている。清少納言作。三百余りの章段からなり、同じ種類の事柄を集めた類聚章段、後宮での印象的な出来事を心にとどめるように書いた日記的章段、心に映った自然や身の回りの人々への思いを率直につづった随筆的章段の三つに大別される。悲劇の中宮定子に仕えた清少納言が、鋭い感性と端正な文章で描写した平安期随一の作品。後世『徒然草』『方丈記』とともに日本三大随筆と称されている。

枕草子・春はあけぼの

清少納言

問

「春はあけぼの」で書かれていない時間帯は？

答

昼。

「春はあけぼの。やうやう白くなりゆく山ぎは、すこしあかりて……」

特徴的ともいえるこの『枕草子（まくらのそうし）』書き出しは、当時画期的なものでした。

春夏秋冬の季節の楽しみを和歌で表現するのが一般的だった時代に、作者の清少納言（せいしょうなごん）はあえて「時間」で区切る、珍しい方法をとりました。

清少納言が生きた平安時代は、和歌の価値がとても高い時代でした。

皆が頑張って和歌を詠むわけですから、当たり前ですがそこには優劣が存在します。現

代で言えば、個人が使える表現手段である、ＹｏｕＴｕｂｅとかＴｗｉｔｔｅｒですね。その「いいね！」の数が出世や恋愛などに影響したわけです。

自分が頑張って、必死で創り出した和歌が、「いいね！」もつかず、まず読んでくれる人すらいない（再生・既読回数が少ない）。

『好き』の反対は『無関心』」と言われていますが、好かれるにしろ嫌われるにしろ、まず興味を持ってもらわなくては始まりません。それにはきっと、人と同じように和歌を詠んではだめだと彼女は思ったのでしょう。

和歌はどちらかというと、清少納言にとっては苦手なジャンルであり、当時誰もが「できて当たり前」の感覚でした。下手＝無能、と受け取られてしまう競争の激しい分野でもあったのです。

だからあえて人と違うことを選択し、当時誰も書いていなかった「随筆」という新しいジャンルを作り上げたのです。

和歌に対するコンプレックスが新しいものを生み出す力になったのか。それとも、何か違う力が働いていたのかはわからないのですが、苦手なうえに競争率が激しい分野で戦うのではなく、誰もやっていない、かつ、自分の得意分野が重なっている部分を見つけ出し、そこで勝負をしました。

では、清少納言は具体的に何を、他の人たちと違えたのでしょうか。

まず、形を和歌から文章に変えたのはわかりますが、それだけではすぐ読み手に飽きられてしまいます。彼女がユニークだったのは、物の見方。評価の仕方です。

「春はあけぼの（明け方）」
「夏は夜」
「秋は夕暮れ」
「冬はつとめて（早朝）」

ぱんっ！ と一言で言い切る形は、プレゼンテーションとしては最高です。「どうしてその時間なのか？」と読んだ人に考えさせることができるからです。

冒頭で時間を言い切り、その後に「なぜか」という理由を色彩豊かに書いています。

春の明け方の、夜の暗さがまだ残る空に、白い光と混ざり合って紫に染まっていく、ほんの一瞬しか見られないグラデーション。

夏の夜は、輝くような月の光は言うまでもなく素晴らしい。逆に闇の深い夜は、蛍のほのかな光を。光のない雨夜でも、涼しい風の心地よさを取り上げます。

秋はさらに色彩豊かで、夕日の空。鮮やかな茜（あかね）色の空に浮かぶ鳥の姿。夜は虫の鳴き声が、見るだけでなく、耳も楽しませてくれます。

冬の早朝は「寒くて嫌だ！」という人もいますが、逆に「寒いからこそ身が引き締まっていい」という人もいます。清少納言は後者ですね。寒くなければ雪や霜の白さは見られ

ないし、寒いからこそ真っ赤に燃えている炭の温かさが心地良く感じられるものです。

さて、この時間で区切る方法で描かれた四季の文章の中に、なぜか出てこない時間帯があります。どこでしょうか？

それは、昼間。

お昼だけは、どの季節にも出てきません。冬に少しだけありますが、それも「ああ、嫌だっ！」と、ため息とともに書いている時間帯です。

問 なぜ、清少納言は昼を省いたのか？

答 夜勤だったから。

この理由を説明するには、宮中での清少納言の勤務時間を知る必要があります。

清少納言はもともと高い身分の生まれではなく、よく言って中流の出身です。そのため、当時最高位の人々が集まる宮中で働くことには、慣れていませんでした。

たとえるなら、ファッションに縁遠かった田舎の女子高生が、早稲田や慶應クラスの大学に受かったのはいいけれど、急に華やかな都会生活になって、「学校に何着て行ったらいいの？」と頭を抱える感じです。男性から見たら、「はっ？　学校行くのになんで服？」

と理解できないかもしれませんが、女性の世界では死活問題ですよね（笑）。

だから、清少納言はとても困っていました。「自分の姿がはっきりわかる昼間に、仕事なんて恥ずかしくてできないっ！」と。そうしたら、彼女が仕える相手、中宮定子（ちゅうぐうていし）が、「なら、夜に来てくれる？　それなら恥ずかしくないでしょう？」と「夜勤」を提示してくれたのです。

清少納言がお仕えしていた中宮定子は、帝の后であり、藤原家出身という家柄も確かなトップクラスの女性です。彼女の提案で、清少納言が部屋から出ても恥ずかしくない、夜の勤務が決まったのです。

宮中での夜勤は、今の時間で言えば、午後四時から、日をまたいで翌日の午前三〜四時まで。夕方から早朝までの十二時間勤務で、結構ハードです。

だから、春の空は仕事帰りに「あ〜、疲れた。この光景、癒されるなぁ」と自分の部屋に帰る時に見た光景で、夏は仕事中、秋は出勤時間、冬は仕事帰りの光景と思うと、早朝が多いのが納得できます。

そして、冬に仕事が終わって、ゆっくりリラックスタイムを楽しんでいる時に、火桶（現代でいうストーブ）の炭が白くなって冷たくなっている。また部屋の外に出て、炭をもらいに行かなくてはいけません。

お布団でごろごろしていたいのに、また着替えて、化粧して、髪をととのえて……と考

えると、「あー、めんどくさい」とため息をついて「わろし（よくない）」と書いています。しかも、外は昼間で皆が忙しく働いている状態です。「みすぼらしい着物だってばれちゃうよなぁ。センスないなって、陰口とか叩かれないかなぁ……」と、冷たくなっていく火桶を見ながら才女がため息をついているなんて、妙に人間らしいですよね。

**【原文】**

春はあけぼの。やうやう白くなりゆく山ぎは、すこしあかりて、紫だちたる雲のほそくたなびきたる。

夏は夜。月のころはさらなり、闇もなほ、蛍の多く飛びちがひたる。また、ただ一つ二つなど、ほのかにうち光りて行くもをかし。雨など降るもをかし。

秋は夕暮れ。夕日のさして山の端（は）いと近（ちか）うなりたるに、烏（からす）の寝どころへ行くとて、三（み）つ四（よ）つ、二つ三つなど、飛びいそぐさへあはれなり。まいて雁（かり）などのつらねたるが、いと小

---

**【現代語訳】**

春は明け方。だんだんと白んでいく山ぎわが、少し明るくなって、紫がかった雲が細くたなびいているのは、風情があっていい。

夏は夜。月のころは言うまでもないが、闇もやはり、蛍が多く飛びかっているのがよい。また、ほんの一、二匹ほのかに光って飛んでいくのも趣がある。雨などが降るのもいい。

秋は夕暮れ。夕日が差して山の端にとても近づいたころに、烏がねぐらに行くというので、三、四羽、二、三羽などと飛び急ぐことまでもしみじみとしたものを感じさせる。まして、雁などが列を作っているのが、たいそう小さく見えるのはたいへんおもしろい。日がすっかり沈んでしまって、風の音、虫の音などがするのも、これもまた言いようもないほど趣深いものだ。

さく見ゆるはいとをかし。日入り果てて、風の音、虫の音など、はた言ふべきにあらず。

冬はつとめて。雪の降りたるは言ふべきにもあらず、霜のいと白きも、またさらでもいと寒きに、火などいそぎおこして、炭もて渡るもいとつきづきし。昼になりて、ぬるくゆるびもていけば、火桶の火も白き灰がちになりてわろし。

---

冬は早朝。雪が降っているのは、言うまでもない。霜が真っ白なのも、またそうでなくとも、たいそう寒いときに、火などを急いでおこして、炭を持って廊下を通っていくのも、たいへん似つかわしい。昼になって寒さがだんだん緩んでいくと、火桶の火が白い灰ばかりになって、好ましくない。

背景知識

## 皇后、中宮、女御、更衣、御息所は誰が上で誰が下？

帝の妻たちが生活する後宮。そのランクは、皇后をトップとして、中宮、女御、更衣と続きます。イレギュラー的な身分として、御息所も忘れてはいけません。皇后は帝の正式な伴侶の身分であり、原則として一人。もともとは皇族関係者のみが許された立場でしたが、時代とともに貴族から皇后に立后することが主流になりました。中宮は皇后の別称で、「皇后が住む場所」という意味の言葉です。平安時代は名を直接呼ぶことが不敬とされていたので、こうした遠回しな呼び名が好まれました。中宮（皇后）は本来一人ですが、藤原道長が強引に自分の娘の彰子を中宮に立てたことから、二人の中宮が存在する場合もあるように。女御は人数制限がなく、主に高い身分の姫君がなりました。その中から中宮や皇后になっていく、いわば候補者の身分だったのです。更衣は、帝の着替え（更衣）をお世話する係で、身分は低めです。けれど、帝のそばにいる時間が長いため、寵愛を受けるようになる人もいました。御息所は「帝が休息をとる場所」という意味であり、帝の夜のお相手をする女性のことを指しました。まれに、帝の子どもを産んだ女性や、皇太子の妻を指す場合もあり、幅の広い言葉です。

宮中で働けるのうれしーけど
こーんな服で行けないっっ
みんなキラキラだもんっ

# 枕草子・宮に初めて参りたる頃

清少納言

問　清少納言が人前に出たがらなかったのはなぜ？

答　人に見られることが恥ずかしかったから。

才女として名高い清少納言ですが、彼女の宮仕えは最初から順風満帆であったわけではありません。

清少納言は歌人の家柄で、当時では中流程度の家系で生まれます。父は清原元輔。勅撰和歌集（天皇や上皇の命で編纂された歌集）に百首以上入選している、歌人中の歌人です。しかし、才能はあっても官位が低かったため、表立っての身分は高いものではありません。

そんな中流家庭出身の女性が、いきなり高位も高位、時の天皇の寵愛を一身に受けてい

る女性のところへ仕事に向かうことになるのです。彼女は仕事に行くことが恥ずかしくてたまりませんでした。

普通に読んでいると、「え？　京で生まれたなら、別に田舎出身でもないのに、どうしてそんなに恥ずかしいわけ？」となるかもしれませんが、平安時代、宮中はそれこそ「宮中＝天皇が暮らす場所＝神の世界」と思われているほどに、特殊な場所です。さらに清少納言が仕えるのは、権力の頂点とも言える中関白家（なかのかんぱく）・藤原道隆の娘、中宮定子です。

定子の家柄は超一流。時の天皇の妻でもあり、寵愛を一心に受けている女性です。定子本人も絶世の美女と言われた人ですから、本当にトップ中のトップの人に清少納言は仕えることになったわけです。

そんな女性にいきなり仕えることになったら、普通は緊張しますよね。さらに平安時代は、現代では想像できないほど「身分が絶対」の世界でした。

家柄も高くなく、和歌も苦手な自分が定子様に仕えるのは、身分違いもはなはだしいのではないか。まわりはどう思っているのだろう。それ以前に、定子様にどう思われているのだろう……と、清少納言は不安で不安でたまらない。

その不安が、「ものの恥づかしきことの数知らず」という部分に表れています。きっと、宮中の生活で知らないことがたくさんあって、いろいろと失敗をしてしまったのでしょう。他人から見れば、「たったそれだけのことで人前に出たくないの？」と思うかもしれませ

んが、本人にしてみれば、本当に死にたくなるぐらい周囲の人々の目にさらされることが嫌だったのです。

才女と名高い清少納言も、人の子。初めての場所で、緊張し、自慢の知識が何の役にも立たない経験をし、泣きそうになっていました。現代ならば、新社会人があこがれて入ったはずの会社になじめず、四苦八苦する姿と重なります。

だから、人から見られることがない夜ばかりに参内し、逆に定子は定子で清少納言との話が楽しくて、ほんのちょっとでも長くいてほしいから引きとめようとします。それだけ彼女の能力を定子は見抜いていたのでしょう。

問

## なぜそこまで恥ずかしかったのか

答

## 痩せていたから。

清少納言が仕えていたのは藤原家の中でも権力の勢いが際立っている中関白家。しかも中宮定子が彼女のことをとても気に入っていました。

実家の後ろ盾がそれほどでなくとも、清少納言の服や調度品がみすぼらしいという記述は枕草子にはありません。もし、みすぼらしいものを使っていたとしても、すぐさま定子

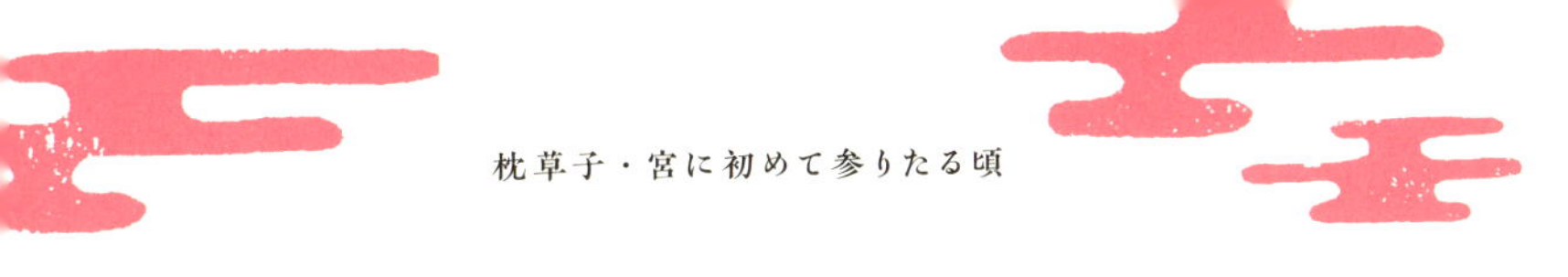


が用意することは想像がつきます。

けれど、それでも「恥ずかしい」と清少納言は思っています。もちろん、宮仕えの中で失敗をたくさんしたとも考えられますが、清少納言は基本的にとても能力の高い女性です。最初は失敗ばかりしても、すぐさま処理能力を身につけ、仕事の面で引け目を感じることはほとんどなかったはずです。

ならば、彼女は何が恥ずかしかったのでしょうか。

それはずばり、彼女の容姿です。はっきり言うと、ブスだった。ブスといっても、現代の基準とは、ちょっと違っています。

美の基準は時代とともに変化し、流行も変わっていくものなのですが、平安時代の美の基準は丸々と太っていることでした。つまり「痩せている＝ブス」だったのです。

ええっ？　となるかもしれませんが、本当です。それもほんの少しぽっちゃり程度の話ではありません。太っていれば太っているだけ「美しい」と絶賛されたのです。これは男性も同じで、「太った男＝イケメン」でした。

古代社会では洋の東西を問わず、お金よりも貴重なものが存在しました。それは食糧。日本で言うのならば、お米です。お米をたくさん食べられるから、太ることができる。それゆえ、太っていることは裕福である証左でした。

当時、富があるということは「美しい」という観念に直結していました。

どれだけ広大な荘園（しょうえん）を持ち、どれだけお米をたくさん持っているのか。そのことが富の基準とされていたわけです。けれど、着物や調度品、建物は目で見ればわかりますが、お米を持っていることは、なかなか証明が難しいですよね。だから、平安時代の貴族は、山のようにお米を食べました。てんこ盛りです。到底一人で食べきれる量ではないお米を塩からいおかずで食べ、米からつくった高カロリーなにごり酒を毎日飲んでいました。

清少納言は中流家庭の出身。父は和歌で名をはせていたとしても、それが収入に影響していたかは定かではなく、そう考えると、とれる食事の量も質も想像がつきます。もちろん庶民よりは「美し」かったと思いますが、それは宮中のレベルとは比べものになるようなものではありませんでした。なので、そんな清少納言の境遇を、定子は「葛城（かつらぎ）の神」とたとえてからかっているのです。

自分が醜いことに心を痛めた葛城の神が、人から見えないよう夜だけ働いていた逸話に基づき、それを例に出したということは、少なくとも清少納言は本人の責任ではない部分で、「醜かった＝痩せていた」。それを周囲も本人も認めていて、思慮深く優しい性格の定子がそれをからかいとはいえ口にできているのは、宮中に仕えていれば「美しく」なれると確約できているからです。

ということは、宮中で一緒に食事をしていたら、ちゃんと「美しく＝太く」なれますよ、だからそんなに恥ずかしがることもない、と言っているのです。

将来が約束され、また実際にそうなれたからこそ、プライドの高い清少納言が「初めて宮中に参内したころは、失敗もそうだけれども、痩せていて見苦しかったよなぁ」と懐かしく思い出し、人が読むであろう随筆にも書き出せているわけです。

そう考えると、古典で「美しい」という言葉から連想されるイメージが、ちょっと違って見えてくるかもしれませんね。

【原文】

宮に初めて参りたるころ、ものの恥づかしきことの数知らず、涙も落ちぬべければ、夜々（よるよる）参りて、三尺（さんじゃく）の御几帳（みきちゃう）の後ろに候ふ（さぶらふ）に、絵など取り出（い）でて見せさせ給ふ（たま）を、手にてもえさし出づまじうわりなし。「これは、とあり、かかり。それか、かれか。」などのたまわす。高坏（たかつき）に参らせたる御殿油（おほとなぶら）なれば、髪の筋なども、なかなか昼よりも顕証（けそう）に見えてまばゆけれど、念じて見などす。いと冷たきころなれば、さし出でさせ給へる御（おほん）手（て）のはつかに見ゆるが、いみじうにほひたる薄紅梅なるは、限りなくめでたしと、見知らぬ里人心地には、

【現代語訳】

私が宮中で働き始め、中宮定子（ていし）さまのお部屋にはじめてお仕えした時期は、わけもわからず恥ずかしいことがたくさんありました。その恥ずかしさのあまり、泣きそうになることさえあったので、仕事に向かうのはいつも周囲から見られない夜だけにしていました。お部屋の中でも、衝立（ついたて）の後ろに隠れながら仕事をしていましたが、定子さまがわざわざ珍しい絵やいろんなものをお取りになって見せてくださるので、それを見たいのに、手さえ衝立から差し出すことができないぐらい、どうしようもなく恥ずかしくてたまりませんでした。

「それはね、特別な作品で、こっちはこんな意味が込められたもので……」

部屋の中は明るい光で満ちていて、髪の毛のつやが昼よりもはっきり見えるぐらいで恥ずかしく、せっかく定子さまが見せてくださるのだからと、必死に逃げたくなるのを我慢して絵を見ていました。とても寒い冬の時期だったので、定子さまが差し出してくれる袖のすき間からかすかに見えた指先が、美しい薄紅梅色に染まっていて、その色もつやも、言葉では言い表せないほどに美しくて、失礼とはわかっていても見とれてしまい

かかる人こそは世におはしましけれと、おどろかるるまでぞまもり参らする。

暁には疾(と)く下りなむと急がるる。「葛城(かづらき)の神もしばし。」など仰せらるるを、いかでかは筋かひ御覧ぜられむとて、なほ臥(ふ)したれば、御格子(みかうし)も参らず。女官(にょうくわん)ども参りて、「これ放たせ給へ。」など言ふを聞きて、女房の放つを「まな。」と仰せらるれば、笑ひて帰りぬ。ものなど問はせ給ひ、のたまはするに、久しうなりぬれば、「下りまほしうなりにたらむ。さらば、はや。夜(よ)さりは疾く。」と仰せらる。

ゐざり隠るるや遅きと、上げちら

---

ます。宮中のことなど何一つ知らない田舎者には、この世の中にこんな素晴らしい人が存在するのかと思うばかりで、自分でも驚くぐらい見つめ申し上げてしまいました。

勤務時間を終え、明け方になって段々と明るくなっていく時間は、早く自分の部屋に戻りたくて仕方がなくなってきます。

「葛城の神（清少納言のこと）が早く帰りたいのはわかるけれど、もう少しいてくださいね」

私の気持ちを知ってらっしゃるのか、定子さまがそうおっしゃるので我慢していながらも、どうやったら顔を一切見られずに退出できるだろうかと考え、深くうつむいていたら、朝、窓を開けることさえ忘れてしまう失敗をしてしまいました。朝仕えの女性たちが参上し、

「さあ、朝なのだから窓を開けましょう」

と言い、一斉に他の女性たちが窓を開けて、明るい光を部屋に入れようとした瞬間、定子さまが

「まだ、開けないでおきましょう」

とおっしゃったので、朝仕えの女性たちは笑いながら部屋から立ち去っていきました。その後も定子さまが私にいろいろお尋ねになり、お話しなさっているうちに時間が経ってしまい、

したるに、雪降りにけり。登華殿（とうくわでん）の御前（お）は立蔀（たてじとみ）近くてせばし。雪いとをかし。


明るい朝になってしまったので、定子さまは、

「もう帰りたくなったでしょう。なら、早く下がりなさい。けれど、夜になったらまた早く来てくださいね」

と、おっしゃってくれました。

定子さまの御前から膝行（しっこう）して自分の部屋に帰ったとたん、気兼ねなく部屋の窓を開け放すと、庭には雪が美しく降り積もっていました。登華殿の御前の庭は、立蔀が近くて狭いけれど、狭いながらも雪が降り積もる景色は、とても風情を感じさせる光景でした。

背景知識

## 平安時代の貴族の食事

律令制度の中での身分制度は貧富の差が激しく、その収入は、下級役人と太政大臣では、収入に約千倍もの開きがありました。現代のお金に換算すると、大学卒の初任給を月収二十万円とするのならば、その千倍ですから、月収二億円……。どれほど収入差があるかが、よくわかります。そうした高位の貴族がとる食事は、現代と比べると著しく栄養が偏ったものでした。主食はお米を蒸したもの。おかずの中心は、魚や鮑の干物。野菜の漬物。塩や、酢、醤（こうじ・麦・豆・米と塩を混ぜた発酵食品）などを調味料で使っていました。まだお醤油やお味噌はありません。その塩辛いおかずで、大量のお米を食べる。そして、特別な高級品だったお酒を大量に飲むわけです。カロリーのほとんどは、お米でとっていました。そう考えると、貴族の食事はすべて、「お米をたくさん食べるため」に作られていたことがわかってきます。奈良時代の貴族の食事は、もっと多種多様なおかずに彩られていましたが、平安時代でそれがなくなるのは、奈良時代の食事では太れなかったからなのでしょう。炭水化物をたくさんとって太っていた平安貴族。平均寿命が四十代の短命だったのは当然の理でした。

枕草子・

# すさまじきもの
# かたはらいたきもの

清少納言

問

清少納言がいちばん嫌なものは、何？

答

はずれたもの。

枕草子には「〜もの」という表現でまとめられた段がいくつかあります。「うれしきもの」「うつくしきもの」「あてなるもの（上品なもの）」「ありがたきもの（めったにないもの）」という、好印象のポジティブなものと、「すさまじきもの」「かたはらいたきもの」「にくきもの」という、不快感が増すネガティブなものをきっぱりと分けて清少納言はまとめています。

「すさまじきもの」とは直訳すると「興ざめするもの」という意味。この段は原文でもと

くに文章量が多く書かれています。どのような時に「興ざめ」するのかを読んでいくと、季節はずれや期待はずれのものが羅列されているのです。

つまり清少納言はそれだけ「はずれたもの」が嫌いだったのでしょう。

最初にあげられているのは、「昼吠ゆる犬」です。昼間吠えている犬？　と思うかもしれませんが、犬は平安時代、夜の番をするものと考えられていました。人が眠っている夜に動き回るのは、人ではない悪霊や妖怪、化け物です。それを追い返すのが犬の役割で、だから夜に吠えるならまだしも、昼になぜ吠える必要があるのだと、書いています。

他には「跡継ぎの男子が生まれない家」「方違え（かたたがえ）で訪れたのにもてなさない家」などが続きます。この方違えという、平安時代特有の風習。これは当時信じられていた陰陽道（おんみょうどう）の考えの中で、凶の方角に行くと悪いことが起こると信じられていたため、それを避けるためにいったん違う方角の場所に住み、あらためて本当に行きたい場所に向かうことで、凶の方角を避けるという行動です。要するに、お互いに親戚や友達の家を泊まって回った、ということです。

方違えは誰にでも起きることなので、お互いさまの精神で来てくれたことを喜び、もてなすのが通例でした。久しぶりに友達に会えるのならば、こんなに嬉しいことはないからと、それが礼儀として定着化したのでしょう。

けれど、通例とか常識、普通、という価値観は、人によって違うもの。

清少納言の感覚から言ってしまえば、絶対にもてなしてほしいし、自分も訪れる人をもてなしたいと思っていたところに、全くもてなされないとしたら……がっかりしますよね。

このように、清少納言は期待をしたものに対して、期待通りに動かないもの、「そうじゃないだろ！」と言いたくなるものを、「すさまじきもの」にまとめました。

そして、「ああ、みっともない。逃げ出したい」という、理想とは全くはずれた状態のものを、「かたはらいたきもの」にまとめました。

「かたはらいたし」とは、その言葉通り、傍(かたわ)らにいるのが、いたたまれない気持ちのことです。ほとんどが人とのおしゃべりの中でのことで、「ああ……この話、聞いていたくない」と、ため息とともに思うものをまとめています。面白いのが、相手に対して堂々と辛辣(しんらつ)なことを口にする清少納言が、「人の噂話を聞いていたくない」と言っていることです。人を非難するのならば面と向かって。それが彼女のポリシーだったので、本人がいないところで噂話をするなんて、いたたまれなかったのでしょう。

さらに面白いのが、彼女の和歌に対してのコンプレックスです。

「あなたの和歌がみんなに好評だったよ」という、褒められているはずの言葉を聞きたくない、と言っています。

才媛で、辛口なイメージが強い清少納言ですが、どちらかと言えば優しくて、自分に厳しい、褒められることが苦手な女性だったのかもしれません。しかし、そんな彼女を嫌い

ぬいた女性がいます。それは平安時代を代表する女性作家の一人、紫式部です。

問

## 紫式部が清少納言を嫌った理由は？

答

## 男性に対して、きっぱりと批判をしていたから。

紫式部と清少納言の仲が悪かったことは有名ですが、実はこの二人、直接の面識は全くありませんでした。

なぜかというと、紫式部が中宮彰子の女房として後宮に参内（さんだい）した時期は、すでに清少納言は宮仕えを辞めています。直接対決は全くなく、清少納言が紫式部に対して何かを言ったり書いたりしたものは、はっきりとは残っていないのです。

では、なぜこんなに仲が悪いと後世に伝わっているのかと言うと、紫式部が清少納言のことを日記にいろいろ書いているからです。「あんな賢（さか）しげにいろんなことを言う女は、絶対に幸福になるはずがない」とか「気に食わない」とか、おとなしいはずの紫式部が結構な書き方をしています。政治的にも敵対していた陣営同士ですし、嫌う状況はわからなくもないのですが、なぜここまで紫式部が清少納言を嫌ったのかというと、それはこの枕草子の「すさまじきもの」「かたはらいたきもの」からうかがうことができます。

紫式部の代表作である『源氏物語』は、絶世の美男子である光源氏の君と、数多(あまた)の女性たちとの恋愛模様を描いた小説です。登場する数多の女性たちは、基本的に源氏の行動に振り回されてばかり。恋愛の決定権が男性側にあった一夫多妻制の平安時代では、当然の価値観と言えばその通りなのですが、女性の主導権はあってなきがごときでした。紫式部がその価値観を受け入れていることは、源氏物語に登場する女性たちの価値観からもうかがうことができます。

けれど、清少納言は違います。黙っていられずに、きっぱりと男を批判するのです。酒に酔って、おんなじことばかり繰り返す男性には、百年の恋も冷めるし、せっかく迎えの車を行かせたのに、自分のところに通ってこない恋人には腹が立つし、違う女性に心変わりしてしまったのは仕方がないけれども、こちらには一言もないのは、男性の身勝手が過ぎて、腹が立って仕方がない、とばっさり。

紫式部だったら、同じ状況でも素直に受け入れて「なんとこの世はつらいのだろう」と嘆き、その気持ちを和歌に詠むでしょうが、清少納言は「気に食わない」と、自分が不快に思っていることをしっかりと書き表します。

おとなしかった紫式部からしてみれば、男性に何か反論をするなんて、想像することすらできなかったのでしょう。だからこそ、きっぱりと正面から「気に入らないことは気に入らないし、不快なことは不快だ」と言い表す清少納言が、決して自分にはできないこと

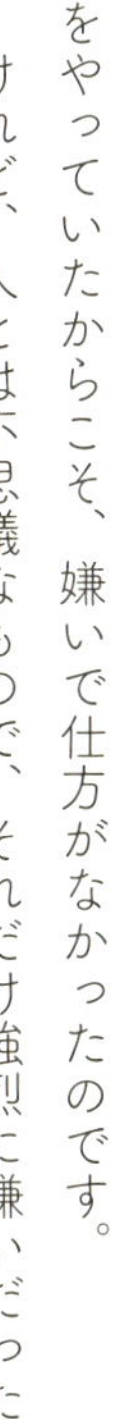

をやっていたからこそ、嫌いで仕方がなかったのです。

けれど、人とは不思議なもので、それだけ強烈に嫌いだったということは、少なくとも紫式部は清少納言のことが気になって仕方がなかったのでしょう。彼女に対してだけは、評価が辛辣で攻撃的です。

きっと……そんなふうにきっぱりと自分の意見を言える清少納言が、紫式部にはうらやましかったのかも、しれませんね。

## 【原文】

〈すさまじきもの〉

すさまじきもの、昼ほゆる犬。春の網代。三、四月の紅梅の衣。牛死にたる牛飼。児亡くなりたる産屋。火おこさぬ炭櫃・地火炉。博士のうち続き女子生ませたる。方違へに行きたるに、あるじせぬ所。まいて、節分などは、いとすさまじ。

（中略）

また、家のうちなる男君の来ずなりぬる、いとすさまじ。さるべき人の宮仕へするがりやりて、恥づかしと思ひゐたるも、いとあいなし。

## 【現代語訳】

〈すさまじきもの〉

興ざめするもの。昼間にうるさく吠えている犬。春の網代（本来、網代は冬にするもの）。三、四月に着る紅梅かさねの着物（本来は十二〜二月に着るもの）。牛が死んでしまった牛飼い。赤ん坊が亡くなってしまった産屋。火がついていない炭櫃や地火炉。男の子しか位を継ぐことができない、大学寮（官位の一種）の博士の家に、女の子ばかり次々生まれてしまう場合。方違えに行った時に、もてなしてくれないところ。普段でも腹立たしいのに、節分の方違えの時には、時期が決まっているのにかかわらずもてなしがない場合は、本当に興ざめしてしまう。

（中略）

また、家の中に迎え入れ、恋人になった男性が通ってこなくなることも、期待はずれでおもしろくない。しっかりとした家柄の女性で、宮仕えしている女性のところに自分の恋人をとられてしまい、心変わりされてしまったことを恥ずかしいことだと思って、裏切った男性をそのままにしておくことも、腹が立

（中略）

いみじうねぶたしと思ふに、いとしもおぼえぬ人の、おし起こして、せめて物言ふこそ、いみじうすさまじけれ。

〈かたはらいたきもの〉

かたはらいたきもの、（中略）客人などに会ひてもの言ふに、奥の方にうちとけごとなど言ふを、えは制せで聞く心地。思ふ人の、いたく酔ひて、同じ言したる。聞きゐたりけるを知らで、人の上言ひたる。それは何ばかりの人ならねど、使ふ人な

---

ってしかたがないことだ。

（中略）

とても眠たい時に、こちらはそれほどいとしいと思っていない男性が、なれなれしく訪ねてきて起こし、強引に話しかけてくるのは、全く迷惑以外の何物でもない。

〈かたはらいたきもの〉

気づまりなものごと。（中略）お客さまが来ていて話している時に、家の奥のほうで家族が遠慮ない意見を話しているのを、制止することができずに聞いている気持ち。大好きな人が、とても酔っ払ってしまって、同じことをしている時。本人が聞いているとも知らないで、その人の噂をしていること。噂されている人がどれだけ高い身分でなかったとしても、使用人の身分の人でさえ、噂されているのを聞いていたら、いたたまれない。外泊した場所で、身分の低い人たちがふざけ合っている様子。

どだに、いとかたはらいたし。旅立ちたる所にて、下衆(げす)どものざれゐたる。憎げなる児(ちご)を、おのが心地のかなしきままに、うつくしみ、かなしがり、これが声のままに、言ひたることなど語りたる。才(ざえ)ある人の前にて、才なき人の、ものおぼえ声に人の名など言ひたる。よしともおぼえぬわが歌を人に語りて、人の褒めなどしたるよし言ふも、かたはらいたし。

かわいくない赤ん坊を、自分はかわいいと思うのにまかせて、かわいがり、いとおしく思い、その赤ん坊の声をまねてあやした様子を、他人に話している様子。学識ある人の前で、学のない人が、物知りぶった口調で、有名な人の名前などを挙げている様子。特にすぐれているとも思われない自分の歌を、他人に語って、その歌を誰かがほめてくれたと話している様子も、いたたまれない。

背景知識

## 清少納言と紫式部の性格

清少納言と紫式部。この平安時代を代表する二人の女流作家はいろいろな意味で対照的です。性格も、清少納言を勝ち気とするのならば、紫式部はおとなしく、控えめです。面白いのが、枕草子の中には清少納言と中宮定子との心の交流が描かれていますが、紫式部はそうでもありません。紫式部日記の中では、主君である中宮彰子が懐妊し、そのお祝いが華やかに執り行われるシーンがあります。そこで紫式部はなぜか「出家したい……」と嘆くのです。周囲が華やかでにぎやかでも、おとなしい紫式部にはどこか馴染めず、まわりと同じように喜べない自分に孤独を感じています。本当は無理をして必死にまわりに合わせている。そんな自分の姿がわかっているだけに、慶事であっても喜ぶことさえできなくなっていました。どれほど長く宮仕えをしていても、しょせん藤原道長や彰子の気持ち一つでどうとでもなる弱い立場です。紫式部からしてみれば、心から尊敬できる定子に仕え、言いたいことを躊躇なく言えた清少納言の存在は、イラついて仕方のない相手だったのでしょう。

枕草子・

# この草子、目に見え心に思ふことを

清少納言

問 清少納言はなぜ枕草子を書いたのか？

答 そこに紙があったから。

『枕草子』の跋文（終わりの段）には、この随筆をなぜ書いたのか、ということについて清少納言が言い及んでいます。「草子」とは、綴じ本。当時貴重だった和紙を紐で綴じたもののことです。巻物とは違い、現在の本に近い形態のもののこと。中宮定子の兄で内大臣の藤原伊周が定子に献上した草子の一部が、清少納言に渡されることとなりました。

当時、紙はとても貴重品。枕草子の「うれしきもの」の中にも、清少納言は「立派なものでなくとも、紙が手に入った時はとても嬉しい」と書き表しているぐらいです。後宮に仕える女房でも、紙はたやすく手に入るものではありませんでした。

それが、定子に献上されたものの一部を与えられたのですから、超高級品が手元に来たことになります。清少納言はどれほど喜んだことでしょう。ちゃんとしたものを書かなければと、彼女が思ったのは当然のことです。

面白いのが、枕草子の前半と後半では、内容がガラリと変わっていることです。さらにこの跋文には、読者に対する牽制のような部分があります。「素晴らしいものをけなしたり、程度の低いものをほめたたえたりするのが人の世」と記し、さらには「ほめてもけなしてもその人の本心が透けて見えるよね」と強烈な一文を書いています。なぜ、このような牽制の一文が書かれているのでしょうか。

それを知るには、時の権力者、藤原道長との関係を紐解く必要があります。

清少納言が枕草子を書き始めた時期ははっきりとはわかっていませんが、書き終わったとされているのは、中宮定子が亡くなった後です。つまり、定子の実家である、中関白家が没落の一途をたどる中で、清少納言はこの草子を書きました。

しかし、枕草子の中に書かれている中関白家には全く没落の気配はなく、定子や伊周を中心に華やかな宮中での生活と、一条天皇が后である定子をどれほど深く愛していたかを、楽しげに描いています。

中関白家が没落した後権力を握ったのは、藤原道隆の弟で、伊周の政敵であった道長で

す。もう衰退の一途を辿っているとはいえ、中関白家を描いた枕草子は、道長からしてみれば面白くないものであったことでしょう。しかし、その道長の性格をよくよく理解していた清少納言は、道長が自分の書いた枕草子をおろそかにできない内容を、跋文に盛り込みます。

道長からすれば、「こんなもの、読む価値はない」と断じてしまいたい。しかしその気持ちを清少納言は予想して、跋文に牽制の一文を書くことで、当時権力の中心だった道長に釘を刺したのです。

これでは、もし道長が枕草子をけなしたら「枕草子とは、結構いい文章なのでは?」と周囲に思われるし、褒めたら「ああ、この枕草子に書いてあることが気に食わないんだな」ということになってしまいます。

実際、枕草子の中には、政敵であった伊周の姿を書いている部分がとても多く、逆に道長の記述はほとんどありません。

枕草子が人々に愛されたのは、当時の人々に受け入れられる文章を清少納言が書いた、ということはもちろん大前提です。しかし、執筆を弾圧できるだけの権力を持った道長がまったく手出しできなかったのは、器が小さいと周囲に思われたくない彼の性格を清少納言が読み切った冷静な戦略にあります。さらには歴史の渦に飲み込まれてしまった中宮定子という素晴らしい女性が存在したことを伝えたかった、清少納言の彼女に対する純粋な

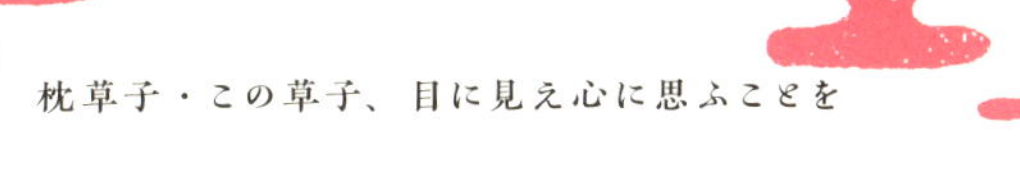


思慕と情熱が、道長の思惑をも封じたといえるでしょう。

## 問 タイトルの「枕」はなぜついた？

## 答 定子が喜んだから。

ちなみに、タイトル「枕」の由来については様々な学説があり、今現在でもはっきりしたことはわかっていません。

しかし、一つだけはっきりしているのは、「この草子に何を書きましょうね。帝は『史記』を書き写されるのに使っているのですが」と定子が問いかけた時、清少納言が「でしたら、『枕』が良いのでは？」と返したことが、枕草子に書いてあることです。

定子と清少納言の、言葉遊びのような教養に満ちたやり取りは、枕草子の中でも何度も取り上げられていますが、おそらくその「枕」という清少納言の答えも、定子を喜ばせたのでしょう。「史記＝敷」なので、その対として「枕」。傍に置くものとして「枕」など、いろいろな説がありますが、このやり取りが絶妙だと、二人の間だけに通じる何かがあったのではないでしょうか。周囲の人々にそれはわからなかったけれど、定子は清少納言の「枕」という言葉にすぐさま反応し「だとしたら、これはあなたが持ち帰るべきね」と草

子を渡してくれました。そのやり取りが、清少納言は何より嬉しかったのでしょう。身内ネタ、と言ってしまえばそれまでですが、枕草子の「香炉峯の雪」の段に通じるような、教養のやり取りがここでもあったはずです。

その定子とのエピソードを忘れないように、タイトルを「枕」とし、続く文章には「こんな文章は人に読まれるべきではない」という心境が書かれています。

これは、本来ならば自分などが定子の素晴らしさを書かなくとも、それは後世にまで語り継がれるほどの女性だったはず。けれども、清少納言が書かなければ、定子の素晴らしさは歴史の陰に消えてしまいます。伊周も、道隆すら、消えてしまうかもしれません。だからこそ、人に読まれるほどの文章など私には書けないし、人に読まれるべきではないけれども、あの方たちの姿を残さなければいけないのだという、清少納言の複雑な心がこの言葉に表れています。

一説では、藤原道長とも恋愛関係にあったとされる清少納言。

かつて愛した男性が、自分の主君であり、敬愛してやまなかった定子を結果的に追い詰めることになる状況は、見ていて胸がつぶれるような光景だったのでしょう。定子が亡くなってすぐ、彼女が朝廷を辞したのは当然の流れでした。

枕草子は、冒頭が清少納言の感じたことを書いているのに対し、この最後の跋文に近づくにつれて、定子とのエピソードが多くなっています。中宮定子という素晴らしい女性が

存在したことを後世に残そうとした。その清少納言の強い意志が、時を経ても色あせずに伝わってくるのです。

**【原文】**

この草子、目に見え心に思ふことを、人やは見むとすると思ひて、つれづれなる里居のほどに書き集めたるを、あいなう、人のために便なき言ひすぐしもしつべき所々もあれば、よう隠し置きたりと思ひしを、心よりほかにこそ漏り出でにけれ。

宮の御前に、内の大臣の奉りたまへりけるを、「これに何を書かまし。上の御前には『史記』といふ書をなむ書かせたまへる。」などのたまはせしを、「枕にこそははべらめ。」と申ししかば、「さは、得てよ。」とたまはせたりしを、あやしきを、こよや何やと、尽きせず多かる紙を書

**【現代語訳】**

この書物は、自分の目に映ったことや心に感じることを、まさか人が読むことなどあり得ないと思って、実家で暇な時間に書き集めたものなのだが、表に出しては具合の悪い箇所もあったからしっかりと隠しておいたはずなのに、困ったことに世間に漏れ出てしまった。

定子さまに伊周さまがこの草子を献上なさったのだが、その時に定子さまが

「この草子に何を書きましょう。帝は『史記』という書物をお写しになっています」

とおっしゃったので、

「枕がよいのではないでしょうか」

と私が申し上げたら、

「それなら、これはあなたが持ち帰りなさい」

と下賜なさったのだが、つまらないことをたくさんある紙に全部書き尽くそうとしたために、自分でも気づかずに物事をわ

き尽くさむとせしに、いとものおぼえぬことぞ多かるや。

おほかたこれは、世の中にをかしきこと、人のめでたしなど思ふべき、なほ選(え)り出でて、歌などをも、木、草、鳥、虫をも、言ひいだしたらばこそ、「思ふほどよりはわろし。心見えなり。」とそしられめ、ただ心一つに、おのづから思ふことを、たはぶれに書きつけたれば、「ものに立ちまじり、人並み並みなるべき耳をも聞くべきものかは。」と思ひしに、恥づかしきなんどもぞ、見る人はしたまふなれば、いとあやしうぞあるや。げに、そもことわり、人の憎むをよしと言ひ、ほむるをもあしと言ふ人

---

きまえないことを多く書いてしまったものだ。

だいたいこの書物は、世間で起こった趣深い出来事や、人々が素晴らしいと思いそうなことを特別に選び出して、歌の題材でも、木・草・鳥・虫のことでも言おうものなら、「思ったほどでもない。あさましい本音がすけて見える」と悪評が立っただろうが、そんなことはせず、実はただ自分の心に浮かび上がったことを遊ぶつもりで書き続けていたのだから、他の作品と肩を並べて評判になどなるはずがないと思っていたのに、

「よく書けていて、立派だ」

と、読んだ人々がほめてくださるから、不思議なこともあるものだ。けれど、考えてみればそれも全くもっともなことで、人間というものは人が嫌っていることをことさらによいものだと強調し、人がほめるものをけなしたくなるものだから、ほめる人の本心はきっと真逆なのだろうと思える。なんにせよ、人に読まれてしまったのは残念なことだ。

は、心のほどこそ推しはからるれ。

ただ、人に見えけむぞ妬き。

左中将、まだ伊勢守と聞こえし時、里におはしたりしに、端の方なりし畳をさし出でしものは、この草子載りて出でにけり。惑ひ取り入れしかど、やがて持ておはして、いと久しくありてぞ返りたりし。それよりありきそめたるなめり、とぞ本に。


左中将源経房さまがまだ伊勢守と申し上げていたころ、私の家に遊びにいらっしゃったことがあった。その時、部屋の隅に片付けてあった畳を差し出したところ、この草子が畳の上に載ってそのまま経房さまの目の前に出てしまい、あわてて隠したけれども、経房さまはそれをそのまま持って帰ってしまい、ずっと後になって私の手元にお返しになったのだ。それからすぐ後、この草子が世の中に広まり始めたようである、と原本に書いてあった。

背景知識

## パトロンがいないと成立しない女流文学

華やかな平安時代に花開いた女流文学ですが、優雅な生活を送っていた女性たちが日常の楽しみのためにそれらを書いた、というわけではありません。平安時代。現代では当然のようにあふれているものが、とても貴重な存在でした。それは、「紙」。当時は高級品であった紙を豊富に使うことのできる者が、必然的に多くの文章を残していくことになります。文章を書くための教養や知識、才能はもちろんのこと、経済的な支援がなければ、書き続けることなどできなかったのです。平安期の長編小説と言えば『源氏物語』ですが、巻数でいうと五十四巻。現代の原稿用紙に換算すると、約二千四百枚です。それだけの長編小説を書き続けられていたのは、パトロンである藤原道長の存在が欠かせません。枕草子は中宮定子をはじめ、定子の実家である中関白家が清少納言に紙を供給していました。女流文学の背後には、パトロンの存在が不可欠。清少納言は、定子が読み、楽しんでもらえるものを、そして、紫式部は道長を筆頭に、定子が亡き後に一条天皇の寵愛を得た道長の娘・中宮彰子を喜ばせるために。彼女たちが文を書き続けていくためには、パトロンに気に入られることが必須だったのです。

やったー!!
なに書こっかなー
いろいろ書いて
定子様に
喜んでもらおー♡

# 二　源氏物語

寛弘五（一〇〇八）年ころに成立。紫式部作。五十四巻からなる長編物語。後宮内で女性たちに好まれて読まれていた物語が、次第に貴族社会に伝わったとされている。内容は、光源氏という皇族出身の男性の誕生から、成長し栄華を極める過程と、その後憂いに満ちた晩年から死までを描き、さらには源氏の死後、その子どもたちの恋愛模様がつむがれている。物語の主題は「男女の愛の空虚さ」。平安時代の女流文学の最高峰であり、日本文学の最高傑作と言われている。

源氏物語・**桐壺**

紫式部

問　源氏物語の中で、いちばんあざといのは誰？

答　**桐壺の更衣。**

「いづれの御時にか、女御、更衣あまたさぶらひたまひける中に、いとやむごとなききははあらぬが、すぐれて時めきたまふありけり」

有名すぎる『源氏物語（げんじものがたり）』の冒頭です。

現代の感覚で読むと、「帝が一人の女性を愛することが、なぜこんなにも非難されなければならないのだろう？」と疑問に思うかもしれませんが、平安時代の帝には複数の女性を愛さなければならない理由があったのです。

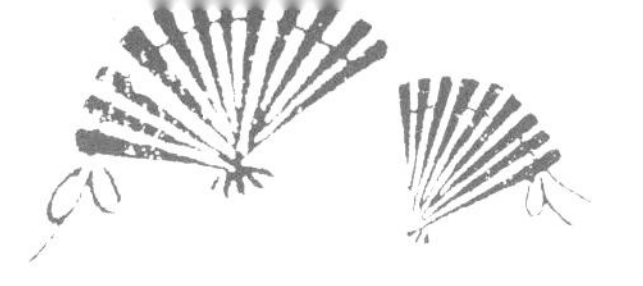

帝の仕事は安定した政治を行い、世の中に安寧（あんねい）をもたらすことでした。その中には、安定した政治を次代につなげていく、という大切な仕事があります。つまり、世継ぎを産ませ、自身の後継者を育てなくてはなりません。

ですから、帝の仕事はまず、誰もが認める家柄の姫君を正妻にすること。そして、出生率が低かったことや、権力の集中を避けるために、複数の女性を平等に愛することが要求されました。

この背景の中で、桐壺帝（きりつぼてい）に心から愛され、一人だけ特別扱いをうけた桐壺の更衣（こうい）は、宮中の他の姫君たちからいじめにいじめられるわけです。

この世の幸福と不幸を同時に背負ったような桐壺の更衣。

その対極にいるのは盤石（ばんじゃく）な後ろ盾のもとに皇太子までもを産んだ、弘徽殿（こきでん）の女御（にょうご）です。源氏物語きっての悪女として描かれ、何かと源氏の邪魔をする印象の強い弘徽殿ですが、彼女はむしろ秩序を重んじる気高い姫君であり、不思議とあざとい印象はありません。

后妃やお付きの女房たちの「たまり場」である後宮は、だいたい十代から二十代の女性たちがひしめき合い、帝という一人の男性の愛情を奪い合います。生まれた時から帝の妃になることを目標としていた女性たちですから、寵愛が得られないからといってあきらめる選択肢はなく、かといって他の男性に心を動かすことも、状況的に無理です。

逃げ場がない、閉じられた環境で、一人だけ帝から寵愛され、飛び抜けて目立つ存在が

桐壺の更衣でした。

桐壺の更衣は、その中でいじめられ、とてもかわいそうな存在として描かれていますが、ここで少し立ち止まって考えてみてください。

いじめられることによって、彼女が手にしている利益は、何でしょうか。逆に、彼女をいじめていることで、周囲の女性たちが失っているものは、何でしょうか。

## 問 なぜ彼女はあざといのか？

## 答 わざといじめられたから。

帝の寵愛を一身に受けているのだから、桐壺の更衣が周囲の嫉妬を受けるのは仕方がありません。

けれど、ここで素直に読んでも面白くないので、ちょっとした謎かけをします。

普通、いじめの関係では圧倒的に被害者に目線が向きます。かわいそうでたまらない、どうしてこんなひどいことをするのだろうと、思わずにはいられません。実際、この冒頭を読むと、ほとんどの生徒が桐壺の更衣がかわいそうだと、口をそろえて言います。責められるべきはいじめをした加害者であり、妬(ねた)みや恨みは醜いものだと思うからでしょう。

この桐壺の段は、身分の低い、けれども幸運にも帝の寵愛を得ることができた女性が、周囲からの嫉妬を受けてしまい、それでも健気(けなげ)に帝の愛情を頼りにして宮中の生活をこなしていた。そう読み取るのがスタンダードです。けれど、よく読んでいくと、違う受け取り方もできます。

そもそも身分の低い女性が、最初から身分という絶対の価値観が支配している後宮の中で勝ち上がっていくためには、何が必要でしょうか。

それは絶対権力者である帝の寵愛です。変わりない帝の寵愛さえあれば、実家の後見があろうがなかろうが、桐壺の更衣の立場は安泰です。

帝が心変わりしてしまえば、それで終わってしまうとても儚(はかな)い立場ですが、帝の寵愛を得ている間は、高位の貴族も噂するだけで、帝の行動を止めることは誰にもできないわけです。だからこそ、彼女は帝の寵愛をしっかりとつかまえておく必要がありました。

それには、二つの要素が必要になります。

一つは、当然のことですが、帝の愛情を得ていること。ここはクリアしていますよね。桐壺の更衣の魅力は、よほど強烈だったのだなとわかります。そして、問題はもう一つの要素。

それは、帝の愛情が他の女性に移らないこと。つまり、帝が自分だけを愛し、他の女性に一切目移りしない状況を作り出すこと、です。

これは可能でしょうか。

周囲からは、浮気はOK。むしろ、世継ぎを作るためには、複数の女性と関係を持つことが望ましいとされている状況で、です。

そう考えていくと、いじめはとても都合のいい道具です。

なにせ、いじめの状況では、周囲の注目は加害者ではなく被害を受けている者に集まります。「かわいそう！」という気持ちが勝手に溢（あふ）れてくるし、かわいそうなものを守れる力がある帝が、それをかばわないわけはありません。

さらには自分のいとしい人をいじめているのは、周囲の女性たちです。桐壺の更衣の立場から言ってしまえば、帝の寵愛を自分から奪うかもしれない可能性を秘めている相手でもあります。ライバルになりそうな人たちが、自分をいじめて「くれている」。必死に、帝に自分の悪口を言って、遠ざけようとして「くれている」。

自分の好きな女性の悪口をひたすら話してくる女性の印象は……男性としてはどうなのでしょうか。少なくとも、好意的な感情を抱くことは、程遠い状態ですよね。

桐壺の更衣をいじめることで、女性たちは一時の憂さを晴らせているかもしれませんが、同時に彼女たちがいちばん欲している「帝に愛される機会」を永久に失っているわけです。好意的な感情すら抱かない相手に対して、帝の心が動くとは考えられませんから。

この状況で誰が、いちばん「得」をしているのでしょうか。

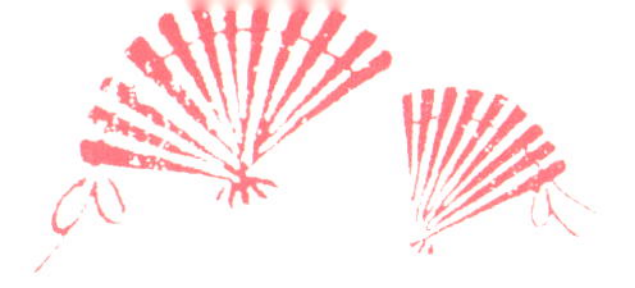

私には、心ない周囲からのひどいいじめに泣き崩れながら、着物の袖に涙を吸わせているその裏側で、こっそり微笑んでいる「あざとい」桐壺の更衣が想像されてならないのですが……。

ああ、女って怖いっ。

【原文】

いづれの御時（おほんとき）にか、女御（にようご）、更衣（かうい）あまたさぶらひたまひける中に、いとやむごとなききはにはあらぬが、すぐれて時めきたまふありけり。はじめより「我は。」と思ひあがりたまへる御方々、めざましきものにおとしめそねみたまふ。同じほど、それより下臈（げらふ）の更衣たちは、ましてやすからず。朝夕の宮仕へにつけても、人の心をのみ動かし、恨みを負ふつもりにやありけむ、いとあつしくなりゆき、もの心細げに里がちなるを、いよいよあかずあはれなるものに思ほして、人のそしりをもえはばからせたまはず、世の例（ためし）にもなりぬべき

【現代語訳】

あれは、どの帝の御代であったのか。女御や更衣が数多く帝にお仕え申し上げていらっしゃる中に、高貴な家柄の出身というわけではないが、格別に帝のご寵愛を一身に受けていらっしゃる、桐壺の更衣という女性がいらっしゃった。後宮に入内した最初から、

「自分こそが帝のご寵愛を勝ち取れるはずだ」

と、思い上がっていた女御たちは、もちろんこの女性が気に食わず、さげすんだり妬んだりなさった。では、同じ程度の家柄の女性たちや、さらに下の身分の方々はどうかというと、

「高い身分の方ならば納得がいくけれど、どうしてあの程度の身分の女性が寵愛を受けられるのか」

と、かえって心がざわついてしまう。そんなわけで、様々な女性たちの妬みを受けることになってしまった桐壺の更衣は、朝夕の宮仕えの仕事の時も、やたらと他の女御や更衣たちの心をざわつかせ、周囲からの恨みを受けることがストレスになったからであろうか。ひどく病気がちになってしまい、気持ちも不安定で実家に引きこもりがちになってしまったので、帝は桐

御もてなしなり。上達部、上人なども、あいなく目をそばめつつ、「いとまばゆき人の御おぼえなり。唐土にも、かかることの起こりにこそ、世の乱れあしかりけれ。」と、やうやう天の下にもあぢきなう、人のもてなやみぐさになりて、楊貴妃の例も引き出でつべくなりゆくに、いとはしたなきこと多かれど、かたじけなき御心ばへのたぐひなきを頼みにて、交じらひたまふ。

---

壺の更衣をますますかわいそうな人だとお思いになって、周囲の非難を気にすることもできずに、ますます寵愛なさった。その様子は、後宮の中だけでなく、公の朝廷の中でも噂になってしまいそうなほどの、異例なご寵愛ぶりだった。貴族の中でも高位の上達部や殿上人なども、不快そうに目をそむけ、

「たいそう、見ているこちらがまぶしくてまともに見られないほどの、ご寵愛の受け方だなぁ。唐でも、君主が一人の女性に入れ上げたせいで、内乱が起こったのは、何ともひどいことだった」

と、噂される始末だった。

しだいに世間でも、この状況を不快なことだという空気が漂い、人々の悩みの種にもなる有様で、楊貴妃の例までもが引き合いに出されて、非難されるようになっていった。そんな中、後宮では桐壺の更衣に対して、口に出すのがはばかられるようなとてもひどいことが多く起こっていたが、それでも、他に比べることができないほどの帝のご寵愛の深さだけを頼りにして、宮仕えの仕事におつきになっていた。

背景知識

## 源氏物語でいちばん○○なのは？

源氏物語の中でいちばんあざといのは桐壺の更衣、とお話ししましたが、源氏物語の中にはたくさんの女性が登場します。ざっと挙げていくだけでも、十人は余裕で超える女性たちを「一気に覚えられない!!」という皆さんのために、いちばん○○なのは？　でご紹介。

いちばん頑固なのは光源氏の禁断の恋の相手、藤壺（ふじつぼ）の宮。源氏の初恋の人であり、父の正妻であったこともあり、どんなに恋い焦がれても手に入らない女性でした。そして、源氏を愛し、密通し、子どもまでもうけながらも、身分と立場を重んじ、出家することで源氏を拒絶した女性でもあります。

いちばんツンデレなのは、源氏の正妻、葵の上（あおいのうえ）。源氏の最初の奥さんですが、プライドが高く、年下の男性に嫁ぐなんてと源氏を拒絶していました。しかし、一旦心が通じ合った後はだんだんと自分の気持ちに素直になってデレていきます。

いちばん自分を押さえつけてしまうのが、六条御息所（ろくじょうのみやすどころ）。源氏の年上の恋人です。いわゆる、源氏に恋を教えた女性でもあります。最初は源氏になびかない六条に源氏がのめり込みますが、立場が逆転。徐々に六条のほうがのめり込むことに。自分の気持ちを表に出すことは恥としていた、とても常識を重んじていた人だけに、のちに嫉妬に苦しみ、生霊（いきりょう）になって葵の上を殺してしまう悲劇が起こります。

いちばんピュアで真面目なのは、紫の上（むらさきのうえ）。源氏の最愛の女性として描かれています。幼い時に源氏に拾われ、育てられたがゆえに、源氏の理想像を体現しようとして、かなり無理をし続け、それがもとで病気になってしまいます。

いちばん奔放（ほんぽう）なのは、朧月夜（おぼろづくよ）の君。源氏の腹違いの兄である朱雀（すざく）帝の婚約者でしたが、源氏と関係を持ってしまいます。しかも、それを隠そうとせず、スキャンダルが表沙汰になった後も、悪びれずに源氏との仲を続けます。

いちばん信頼感があるのは、花散里（はなちるさと）。華やかさはまったくありませんが、会うと心が穏やかになるという人格者。出自の身分は高いうえに、温和で安定感が抜群です。争いごととは無縁な花散里の温かな雰囲気を源氏は愛していました。

いちばん放っておけない女性は、末摘花（すえつむはな）。ブス・貧乏・世間知らずの三重苦でいいところなしの末摘花ですが、源氏にはそれが不憫で、放っておけずに妻の一人として面倒を見ることに。鼻が赤い、ということでも有名です。

いちばん理性的で賢いのは、明石の君。源氏の子どもである明石の姫君の母親ですが、身分が低いために娘を紫の上に預けることになった女性です。源氏をして「六条御息所に似ている」とされている彼女ですが、六条と違い嫉妬に狂わなかったのは、明石の姫君の存在がとても大きかったのでしょう。

いちばん物語の中で人間的な成長が著しいのは、源氏に嫌われることをいとわなかった女三宮。源氏の二番目の正妻です。登場時は人形のように感情のない女性として描かれますが、源氏の人生の罪を目の前に突き付けるような展開を経て、人間的な成長を果たします。過去の多くの女性たちが源氏に言いたくても言えなかった「あなたの愛は、ただのうわべだけのもの」と正面からきつい一言を投げつける女性です。

大丈夫!!
私が守るっ!!
帝やさしいー
えーん
えーん
ふふ
あんたの
そーゆーとこーっ

源氏物語・若紫

紫式部

問 平安時代、女性の顔を直接見ることを現代で例えると？

答 全裸を見ることと同じ。

「日もいと長きに、つれづれなれば、夕暮れのいたう霞みたるにまぎれて、かの小柴垣のもとに立ち出でたまふ。」

可愛らしい若紫、のちに光源氏の妻となる紫の上の初登場シーンです。普通に読んでいると、源氏が可愛らしい女の子を見つけて眺めているだけの、ひどく退屈なシーンなのですが、平安時代の常識を知っていると、「ええっ？」と思わず声が出るはず。

平安時代、貴族は病気を治すためにお寺にこもることがありました。当時、病気は体の

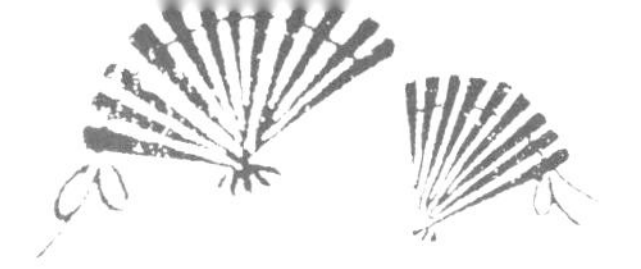

中に悪い魔物や低俗な霊が憑りついたことによって起こるものと信じられていたので、その回復のためにはお坊さんに読経してもらい、それらをはらってもらうことが一番だったのです。

源氏は重い病気にかかり、回復のためにお寺に行きました。読経はとても効果があり、元気になった源氏は、お寺の帰り道に雰囲気の良い家を「垣間見」(覗き)に出かけます。いそいそと女漁りに出かけるのです。

そして、風流な家を垣根から覗くわけなのですが……。これは単に散歩のついでに足を止めて、風流なお庭を眺めているとか、現代で言うならば、お金持ちの家を道から眺めている、というわけではないのです。

ここで、平安時代の女性の素顔に関する常識をお話しします。平安時代の感覚では、素顔をさらしている女性たちは、男性の前で「全裸も同然」という認識でした。

当時、女性たちは男性から身を隠すのが当然で、身分が高ければ高いほどその傾向は強く、扇で顔を隠し、指先まで長い衣で体を隠し、声すらも聞かせません。見せるのは、御簾の端から見える着物の上に流した、黒髪だけです。

女性たちが素顔をさらすのは、自分の旦那様か実の父親ぐらいです。兄弟であっても、成人すれば会うのは御簾(カーテン)越し。その御簾の奥で、さらに女性は扇で顔を隠します。他人の男性が女性の素顔を見られるのは、肉体関係を結ぶ夜まで待たなくてはいけません

でした。指先ですら男性に見られることは「はしたない」と思われていたぐらいです。
さて、源氏の垣間見の話に戻りましょう。源氏は下男たちの下世話な話にそそのかされ、覗きをやってみたいと思い、女性たちの声がする場所を選んで覗きます。途中でやめたのは、何も良心がとがめたからではなく、自分の元へと僧都と尼君がやってくることがわかり、世間体を気にしたからです。さすがに悪いことをしているという自覚が源氏にはあったのでしょう。

## 問 源氏物語が人気作品だった理由は？

## 答 性的な場面や問題のある場面が書かれていたから。

この垣間見のシーン。現代で考えるのならば、高校二年生の男子（源氏）が、小学校二年生ぐらいの女の子（若紫）の裸を「可愛いなぁ」と見つめていることになります。一発で警察沙汰ですね。

けれど、このシーンが描かれていることが、源氏物語をヒット作にした理由なのです。

現代でも性的で禁断の匂いが濃い物語はヒットしますが、平安時代もそれは変わらず、男女のいけないことが書いてあるからこそ、人々の興味を引き付ける魅力が満載でした。

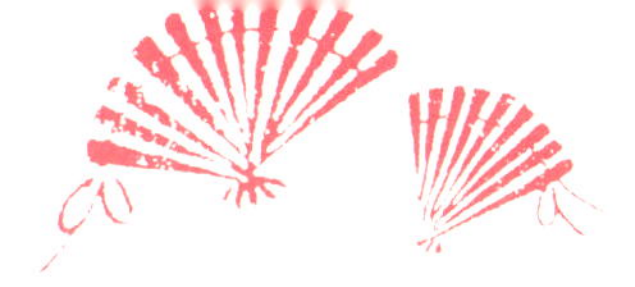

作者の紫式部は、どうしてこのような垣間見（覗き）を源氏にさせたのでしょうか。禁じられていたとしても、当時の男性たちが当たり前のようにやっていたこと、ということを後世に書き表したかったのか。それとも、この話を楽しみに読んでいる中宮彰子に、家庭教師として、それとなく男性とはこういうものだということを伝えるためだったのか。

源氏の君のあだ名は「輝く日の宮」「光る君」。光や輝きは、闇を何よりも恐れた平安時代の人々が求め続けた、かけがえのないものです。源氏物語の中でもこの光の君は正真正銘、人々の心にを光を灯すような、そんな輝くばかりの存在でした。

けれど、紫式部はこの段だけでなく、光源氏にきわどいこと、当時でも賛否両論が分かれるような問題行動を、時にさせています。なぜそんなことを主人公にさせたのか。それは源氏という名が持っている意味に関係があります。

源氏という名前は、皇族出身でありながらも、母の身分が低いために、臣下となった人のことを意味します。「源氏」という名を与えられた時点で、天皇になることが叶わない存在であることが周知されるのです。

天皇家の血筋という、この世で頂点に君臨する最高の血を引き継ぎながらも、帝の地位に不釣り合いな身分の母の血をも同時に受け継いでいる光源氏。それら二つの要素を一つの身に受け継いでいる主人公は、自分の立場をどうとらえればいいのでしょうか。優越感と劣等感。その二つを常に心の中に抱いているわけです。

さらに桐壺帝の十人の子どもたちの中で、臣籍、つまり臣下の立場に降ろされたのは、光源氏の君、ただ一人です。源氏にとっては、いくら父親である帝の愛情が深かろうと、これでは一家の中から一人だけ追い出されたようなもの。

与えられていた愛情を喪失するところから、光源氏の物語は始まっているわけです。

無償の愛を注いでくれた、母である桐壺の更衣。彼女を亡くした源氏は、幼いころに注がれていた愛情を取り戻したいと、様々な人に「身代わり」を求めていきます。最初は母に似た藤壺を。そして、自分から離れていった藤壺の代わりに、この段に出てくる若紫をそばに置きます。さらには、その次を。自分の胸にぽっかり空いた穴を埋めてくれる女性を、物語の最後まで探し続けるわけです。

誰かにこの心を満たしてほしい。そう望んだがゆえに、満たされることが決してない存在として源氏は描かれます。それを晩年、はるか年下の女三宮（おんなさんのみや）に「あなたの愛情は見せかけのものです」と断言されて気づかされるまで、源氏の心は満たされることを知りません。

はた目には光源氏は理想的な存在です。高貴な血筋、優れた容姿と能力、財力、権力。おそらく、この世の人間が求めるものは、ほぼ手中にしているでしょう。けれど、彼は心の中に巨大な闇を抱えていました。この世に完璧な存在などいないように、はた目からどれだけ完璧に見えたとしても、人は何かしらの葛藤や闇を抱えているものです。紫式部はあえて光源氏に、完璧な容姿を持たせたうえで、心理的な闇を抱えさせ、時に彼をとんで

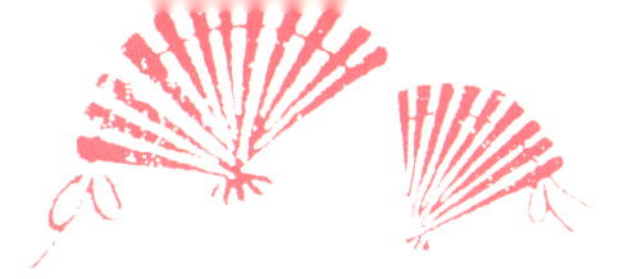

もない行動に走らせ、垣間見のエピソードのような、きわどいことをさせ続けました。

人として、誰もが持っている心の闇。

この源氏物語が普遍的に愛され続けているのは、主人公光源氏の君が魅力的なだけでなく、表に出してはならない心の闇を色濃く描き出すことで、読者の共感を得ていたからなのでしょう。

【原文】

日もいと長きに、つれづれなれば、夕暮れのいたう霞みたるにまぎれて、かの小柴垣のもとに立ち出でたまふ。人々は帰したまひて、惟光の朝臣とのぞきたまへば、ただこの西面にしも、持仏すゑたてまつりて行ふ尼なりけり。

（中略）

清げなるおとな二人ばかり、さては童部ぞ出で入り遊ぶ。中に、十ばかりにやあらむと見えて、白き衣、山吹などのなえたる着て、走り来たる女子、あまた見えつる子どもに似るべうもあらず、いみじく生い先見

【現代語訳】

日がたいそう長くて退屈なので、夕霞が深く立ちこめていたので、今ならばそれほど人目につかないであろうと、昼間に気になった小柴垣があった場所へと、源氏はお出かけになった。お供の人々は帰らせて、惟光の朝臣とその垣根をお覗きになると、見えたのはちょうど西向きの部屋に持仏を据えて、経をあげている尼の姿だった。

（中略）

さっぱりとした美しさがある女房が二人ほど。その他には、女の子たちが出たり入ったりして、遊んでいた。その中に、十歳ぐらいだろうか。白い衣に山吹を襲とし、柔らかく着慣れた衣を身に着けて走り込んできた女の子は、たくさんいる子どもたちとは比べることなどできるはずもなく、成長した姿が今からとても楽しみなほどに、とてもかわいらしい顔立ちだった。髪の毛は扇を広げたかのようにゆらゆらと揺れ動き、顔は手で

えて、うつくしげなる容貌(かたち)なり。髪は扇を広げたるやうにゆらゆらとして、顔は、いと赤くすりなして立てり。

（中略）

つらつきいとらうたげにて、眉(まゆ)のわたりうちけぶり、いはけなくかいやりたる額(ひたひ)つき、髪(かん)ざし、いみじううつくし。「ねびゆかむさまゆかしき人かな。」と目とまりたまふ。さるは、「限りなう心を尽くしきこゆる人に、いとよう似たてまつれるが、まもらるるなりけり。」と思ふにも涙ぞ落つる。

---

こすっていたのか。ひどく赤くして立っていた。

（中略）

顔つきは本当にあどけなく、幼いがゆえに手入れしていない眉の生え際がそのままの形でぼうっとしていて、子どもっぽく額をかき上げている額の様子や髪の生え具合が、とてもかわいらしい。成長していく様子をそばで見ていたい人だなぁ、と源氏はその女の子から目を外すことができなかった。そんなにも見続けてしまう理由は、源氏が限りなく心をよせている藤壺の宮に、実によく女の子が似ているからで、目がひきつけられてしまうのだと、考えれば考えるほど、会えない藤壺への思いに涙がこぼれ落ちてしまう。

（中略）

「あはれなる人を見つるかな。かかれば、このすき者どもは、かかる歩（あり）きをのみして、よくさるまじき人をも見つくるなりけり。たまさかに立ち出づるだに、かく思ひのほかなることを見るよ。」と、をかしうおぼす。「さても、いとうつくしかりつる児（ちご）かな。何人ならむ。かの人の御代はりに、明け暮れの慰めにも見ばや。」と思ふ心深うつきぬ。

（中略）

（源氏、帰り道にて）「なんと心惹かれる人を見たことか。こういうことがあるから、従者で色好みの男たちは忍び歩きばかりをして、見つけられそうもない人をうまく見つけてくるのか。たまに出かけた時でさえ、こんなふうに思いがけない光景を見られたのだから、いつも忍び歩きをするのならばなおさらだろう」

と、面白くお思いになった。

「それにしても、かわいらしい子だったなあ。どういう人なのだろう。藤壺の宮の身代わりとして、朝夕の心の慰めに、そばでその姿を見ていたいものだ」

と思う気持ちが、深く心の中にとりついていた。

背景知識

## 平安時代の美女の三大条件

美の基準というのは文化や時代によって様々ですが、日本でも平安時代には美女に求められる条件、というものがありました。それは、黒髪が長く豊か（容姿端麗）で、漢詩が読めて（頭脳明晰）、和歌がうまいこと（感性が豊か）。この三つが平安時代の一般的な美人の条件です。では、光源氏の理想の女性像はというと、素直で上品、慎ましく、常にまわりに気を配り、賢さをひけらかさず、細やかに男性の世話をし、他の女性に決して嫉妬をせず、心変わりは絶対にしない、というものです。実際、自分の理想にふさわしいように育てた紫の上に、光源氏は自分が愛した女性たちのことを、すべて話していました。「あの女性はとても可愛らしい人でね」「この女性に、私の子どもが出来て、生まれるのが本当に楽しみだ」（紫の上は懐妊できませんでした）と、笑顔で話すわけです。それを、紫の上はにこにこと笑いながら聞いていなければいけません。なぜなら、それが光源氏の理想像だからです。けれど、平気な顔をしながら、紫の上は苦しんでいました。浮気の詳細を本人から聞かされて、相手に嫉妬しないようにするって、どう考えても無理難題ですよね。

## 源氏物語・葵

紫式部

問 六条御息所が今も昔も女性に一番人気なのは、なぜ？

答 ひとりの男に愛されたいと願っていたから。

源氏物語で、若紫との出会いを描く「若紫」の段を陽とするのならば、この六条御息所と葵の上が登場する「葵」の段は、対となる陰の部分です。源氏物語の前半は源氏よりも年上の、藤壺、葵、六条という女性たちとの恋愛模様が中心となりますが、その恋はどれも悲しい結末を迎えます。中でも、おそらくいちばん恋の苦しみにのたうち回ったのは、六条御息所でしょう。

平安時代は、人の怨念や情念、恨みや嫉妬が、生霊となって身体を離れ、恨む相手をと

り殺してしまうと信じられていました。

葵の上が寝込んだ噂を聞き、六条は苦しみます。まさか、自分の寝ている間に自分の身体から抜け出した魂が、葵の上を苦しめているのではないかと不安でたまりません。そんなことにならないようにと固く決意をするのですが、六条の生霊は、葵の上に取り付き、結果的に殺してしまいます。

ここだけ読むと、六条は嫉妬に狂う怖い女性のように受け取られるかもしれません。しかし、もともと六条は平安時代の女性たちのあこがれのような存在だったのです。

六条との出会いは、源氏十七歳、六条は七歳年上の二十四歳。源氏から見れば、父・桐壺帝の亡くなった弟君の正妻だった女性です。

この六条と源氏のなれそめは、源氏物語の中には書かれていません。二人のシーンは、いきなり性的な場面から始まるのです。輝く朝陽が差し込んでくる部屋で、御簾（みす）を上げた六条がまだ寝床で寝ている源氏を起こすシーンから、二人の話は始まります。源氏にとっての六条は、男女の肉体関係ありきの存在でした。

初恋の相手である藤壺に会えなくなった源氏は、その代わりを正妻である葵の上に求めます。けれど葵の上は年下の男である源氏に素直にはなれません。葵の上は、帝の妻になるために生まれてきたようなお姫様で、なぜ臣下になった光源氏のところへ嫁いでしまったのかと、プライドが邪魔して源氏に打ち解けることができませんでした。そんな中、自

分よりさらに年上の六条と付き合っているらしいと噂を聞いて、葵の上のかたくなさはより強固になっていきます。そんな葵の上に辟易(へきえき)し、甘えさせてくれる六条のところへと源氏は通います。プライドが高いのは六条も葵の上も一緒ですが、六条のもとへ通うはっきりとした理由が、源氏の中には存在しました。

年上で、身分が高く、教養、品格もある女性。

これはある人を髣髴(ほうふつ)とさせる条件です。そう、源氏の初恋の女性である、藤壺です。六条は藤壺の「身代わり」だったのです。

源氏としては、年下として甘えるだけでなく、藤壺が男性として自分を愛してくるようになるにはどうすればいいのかを悩んでいました。その意味で、六条は源氏にとって良い練習台だったのでしょう。

しかし、源氏が成長するにつれて、その心は六条から離れていきます。離れていく源氏の心とは逆に、六条はどんどん源氏に惹(ひ)かれていくのです。年下の源氏には本気になってはいけないと、最初は冷たい態度をとり続けていた六条ですが、皮肉なことに源氏の心が離れれば離れるほど、彼女は次第に夢中になっていきました。

源氏が六条に気を遣っているのは最初だけで、すぐに立場は逆転。六条は源氏のつれないふるまいに振り回されていきます。恋愛において惚(ほ)れた方が負け、というのは今も昔も変わりません。源氏の六条に対する態度はかなりひどいもので、父親の桐壺帝から「御息

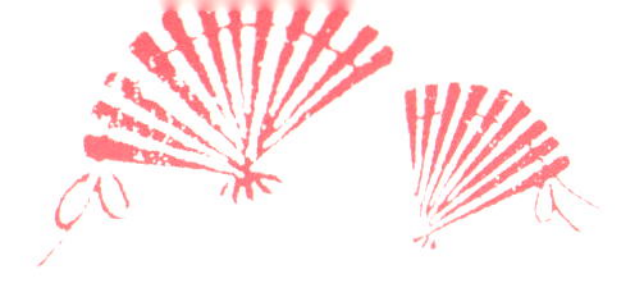

所をおろそかに扱ってはいけないよ」と忠告をされるぐらいでした。それぐらい、六条をいい加減に扱うようになっていたのです。

問

## 六条御息所が女性のみならず男性にも人気があるのは、なぜ？

答

## 女性の本音を具現化した存在だから。

六条としては、ひどい態度と扱いを源氏から受け、恋心が冷めればそれでよかったのですが、事はそう簡単にいきません。彼女は源氏のことを考えないようにしよう、想いを断ち切ろうと、決意します。けれど、そう固く心に誓えば誓うほど、頭から源氏の存在が離れていかないのです。気にしないようにすればするほど、気になってしまう。だから、源氏と会わないようにしようと決めても、姿を見るだけならばいいのではと、出かけてしまうのです。その先で、源氏の子を身ごもった葵の上と遭遇してしまうとも知らずに。

六条は本来、決して嫉妬深い女性、というわけではありません。むしろ、頭がよく気品あふれる女性です。けれど上品であるということは、そう躾けられた、とも言えます。幼い時から帝の妻としてふさわしい教育を受け、周囲に望まれる人格を彼女は演じ続けてきました。賢く、殿方を立て、夫が複数の女性たちと関係を持ったとしても、嫉妬をしない。

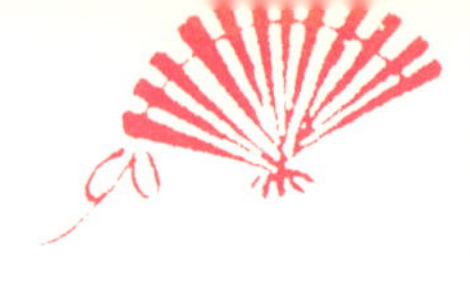

それを求め続けられ、本音を押し殺してきたのです。優秀で、理性的であったがゆえに、自分本来の欲求を閉じ込めることが六条にはできてしまいました。

その彼女が、源氏との恋愛を通して、眠っていた本来の願望を知ってしまったのです。

源氏物語を通じて面白い部分は、当時の社会で一夫多妻制が制度として確立し、複数の妻を持つことが当然だとされる世界でありながらも、女性たちはやはり自分一人を特別に見てほしい、扱ってほしいという願望を抱いているところです。

その女性の苦悩を代表して体現している存在が、この六条御息所です。

教養、品格にあふれていて、身分も間違いない貴婦人が、無様なことなどしたくないと願い、自分を戒めても戒めても、心はどうしようもなく乱れてしまう。自分を戒める心が強ければ強いほど、醜い心が強くふくれあがってしまう。その姿は現代にも通用する普遍的な女性たちの本音を、体現していました。ここが現代でも六条が女性たちに人気がある由縁なのでしょう。

愛する人を誰かと共有などできない。自分一人だけの存在であってほしい。

六条御息所は、そう願っても口に出せなかった古今の女性たちの声なき声を具現化した存在でした。彼女の生霊のシーンは醜い部分でありながらも、どこか儚(はかな)い美しさを感じさせます。

葵の上をとり殺す怖い女性として描かれながらも、どこか嫌いになれない六条御息所。

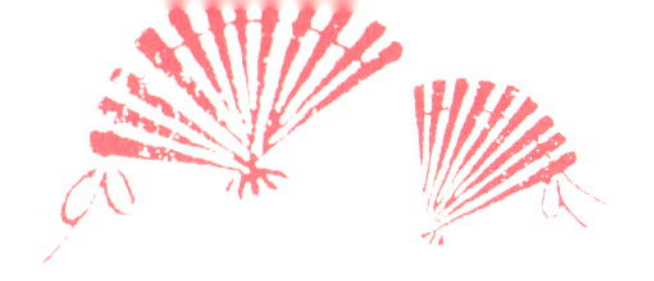

源氏物語は一条天皇をはじめとする、現実社会の男性たちにも人気がありました。どこかで、女性たちの本音を知りたい、どう思っているのかを理解したい。たとえそれが恐ろしいものであったとしても、覗いてみたい願望が男性にもあったのでしょう。

その深い闇が、華やかな物語の陰影を濃くし、読む人の心に普遍的な人の悩みと望みを浮き彫りにしているのです。

【原文】

大殿には、御物の怪いたう起こりていみじうわづらひたまふ。この御生霊、故父大臣の御霊など言ふものありと聞きたまふにつけて、おぼしつづくれば、身ひとつのうき嘆きよりほかに人をあしかれなど思ふ心もなけれど、もの思ひにあくがるなる魂は、さもやあらむとおぼし知らるることもあり。年ごろ、よろづに思ひ残すことなく過ぐしつれどかうしも砕けぬを、はかなきことの折に、人の思ひ消ち、無きものにもてなすさまなりし御禊の後、一ふしにおぼし浮かれにし心鎮まりがたうおぼさるるけにや、少しうちまどろみたま

【現代語訳】

光源氏の正妻である葵の上は、物の怪の禍がひどく、たいそう苦しんでおられた。その原因は

「六条御息所の生霊と、彼女の亡き父君の死霊が取り憑いているのだろう」

と噂する者もいた。それを六条がお聞きになるたびにいろいろ思うところがあり、

「私自身がこれだけつらいのだから、彼女（葵の上）も苦しめばいい、などとは思ってはいないけれど、物思いが強すぎると魂が体から抜け出してしまう、という話もある。彼女が苦しんでいるのは、もしかして私のせいなのかしら」

と、思い当たることがないわけではない。六条は長い間、すべてのことに対して一定の距離を置き、心が乱れることなどないように過ごしてきたがゆえに、何かにつけてここまで心が痛むことはなかった。けれど、あの車争いの時に葵の上が自分のことを見下げて、大した人ではないように扱うさまに打ちのめされてしまったのだろうか。あの事件の日から、乱れに乱れてしまった心が静まりそうもない。うたた寝をしている時も、夢の中でとてもきれいにしているあの人（葵の上）のところへ行

ふ夢には、かの姫君とおぼしき人のいと清らにてある所に行きて、とかく引きまさぐり、現にも似ず、猛く厳きひたぶる心出で来て、うちかなぐるなど見えたまふことたび重なりにけり。「あな心憂や、げに身を棄ててや往にけむ。」と、うつし心ならずおぼえたまふ折々もあれば、さならぬことだに、人の御ためには、よさまのことをしも言ひ出でぬ世なれば、ましてこれはいとよう言ひなしつべきたよりなり、とおぼすに、いと名立たしう、「ひたすら世に亡くなりて後に怨み残すは世の常のことなり。それだに人の上にては、罪深うゆゆしきを、現の我が身ながら

---

って、いろんなものをひっかきまわして、正気だったらとても耐えられそうもない、醜く荒々しい気持ちに歯止めがかからず、彼女を打ちのめしてしまう夢を見てしまうことが、何度も重なっていた。

「本当に、彼女を苦しめているのは、私の生霊なのだろうか……」

乱れた心で思い悩んでしまう時が何度もあったので、

「ささいなことでさえ、他人事ならば悪しざまに噂するのが世間なのだから、ましてこんな原因がはっきりしているような事件がある時は、私のせいだと人々が噂するのは、まったくよい機会でしょうね」

と自分の悪評が立つのも理解はできた。

「死んだ後に一途に恨みを残すことは、一般的にもありえることでしょう。たとえそうであったとしても、他人を恨むのは罪深いことなのに、今、現実の世に生きている私の生霊が悪さをしていると噂されてしまうのは、なんと我が身の運命のつらいことなのか。まったく、あの薄情なつれない人（光源氏のこと）に対するこの思いを、何とかして断ち切らなければ」

と、何度も何度も自分に言い聞かせるのだが、

さるうとましきことを言ひつけらる、宿世(すくせ)の憂きこと。すべてつれなき人にいかで心もかけきこえじ。」とおぼし返せど、思ふもものをなり。

「まださるべきほどにあらず。」とみな人もたゆみたまへるに、にはかに御気色(みけしき)ありて悩みたまへば、いとどしき御祈禱(いのり)数を尽くしてせさせたまへれど、例の執念(しふね)き御物の怪ひとつさらに動かず。やむごとなき験者(げんざ)ども、めづらかなりともて悩む。さすがにいみじう調ぜられて、心苦しげに泣きわびて、「少しゆるべたまへや。大将(だいしやう)に聞こゆべきことあり。」とのたまふ。「さればよ。あるやう

---

「源氏のことを考えないようにしなければ、と思っていること自体が、すでにその人のことが頭から離れないからなのだ」
　と、六条は自覚するばかりだった。

　葵の上は
「まだお産の時期ではない」
　と左大臣家の人々の気がゆるんでいた時に、急に産気づかれて苦しみなさるので、よりいっそう重々しい祈りのすべてを僧たちに尽くさせたが、例のしつこい物の怪は、葵の上から離れていこうとしない。尊い修験者たちも、珍しいことだとこの物の怪を手に余している。けれど、修験者たちの祈りが効いたのか、物の怪がひどく苦しそうに泣いて
「祈禱を少し緩めてくれませんか？　源氏の大将に、申し上げなければならないことがあるのです」
　と、葵の上の口を借りて、おっしゃった。そばに仕えていた女房たちは、
「やはりそうだ。何かわけがあるのだろう」
　と、葵の上のそばにある几帳の内側に、光源氏をお入れ申し上げた。

あらむ。」とて、近き御几帳のもとに入れたてまつりたり。

（中略）

「いで、あらずや。身の上のいと苦しきを、しばしやすめたまへと聞こえむとてなむ。かく参り来むともさらに思はぬを、もの思ふ人の魂はげにあくがるるものになむありける。」となつかしげに言ひて、

「なげきわび空に乱るるわが魂を結びとどめよ下交ひのつま」

とのたまふ声、けはひ、その人にもあらず変はりたまへり。いとあやしとおぼしめぐらすに、ただかの御息所なりけり。あさましう、人のと

（中略）

（源氏が葵の上をお慰めすると、生霊が）

「いいえ、違いますよ。体がとてもつらいので、祈禱をしばらくやめてほしいと申し上げたくて、あなたをお呼びしたのです。こうやって、この場所にやってこよう、などとは全く思わないのに、物思いをしている人の魂は、本当に体から抜け出してしまうものなのですね」

と、親しそうに言って、

（和歌）嘆き悲しむあまり、体から抜け出して空に迷っていた私の魂を、着物の下前の端に結んで、もとに返してくださいよ（当時、着物の下前の裾を結ぶと、迷い出た魂が体に戻ると信じられていた）。

とおっしゃる声や様子は、葵の上ではなく、違う人であった。源氏は「どうもおかしい」といろいろ考えをめぐらしながらご覧になると、全く六条が

かく言ふを、よからぬ者どもの言ひ出づることと聞きにくくおぼしてのたまひ消つを、目に見す見す、世にはかかることこそはありけれと、うとましうなりぬ。

---

そこにいらっしゃった。驚きあきれて、世間の人々の噂話を、身分の低い者たちが面白がって話しているのだろうと耳にするにつけても、聞きづらい思いをなさり、そんなはずはないと噂を打ち消していらっしゃったのに、それを現実に目の前にご覧になって、本当に現実にこんなことが起こるのだなと、嫌な気持ちになった。

背景知識

## 平安時代の夢の意味

平安時代、誰かを強く意識すると、魂が夢の世界でその人の元へ出かけて行ってしまうと信じられていました。誰かを愛しく想うのならば、その人の夢の中へ。誰かを憎んでも、同様に相手の夢の中へ出かけていくのです。だからこそ、六条御息所は戦慄するわけです。「こんなにまで私は葵の上を憎んでいるのだから、きっと彼女の夢の中には、私が現れているに違いない。私が見た夢のように、葵の上を叩いているのだろう。そんなことが葵の上から源氏の君に知れたら、どんなに無様なことになるだろう」と頭を悩ませます。起きている時には嫉妬に悩まされ、眠れば眠ったで、夢の中でも苦しむことになる。そんな中で、六条御息所は眠ることさえまともにできなくなっていきます。怨霊や幽霊、魔物が信じられていた世界です。だからこそ、六条御息所の悩みは深くなり、ますます追い詰められていくことになります。それこそ、死後も源氏を悩ますために怨霊として登場するぐらいに。女の恨みは怖いとされていますが、そうさせるのは一体誰なのでしょうか。強烈な恨みの底にある、深い悲しみが、いっそう六条御息所の存在を儚くさせています。

でも私の生霊ガッッッ正直すぎっ
葵の上〜くカッッっ〜
おばけー!!
六条御息所!?
うーうーん

# 三

# 徒然草

元徳二（一三三〇）年から翌年にかけて成立したというのが定説だが、諸説ある。兼好法師作。序段と二百四十三段からなる随筆集。内容は四季折々の情緒・有職故実・王朝情緒の世界と閑寂趣味など実に多彩。豊かな教養を背景に、無常観を根底とした独自の思想や美意識に基づいて、人間の本質を理解しようと自由に感想・批判を述べている。理知的な教養書として後世の人々に親しまれている。『枕草子』『方丈記』と並ぶ日本三大随筆の一つ。

徒然草・序段

兼好法師

問 兼好法師ってどんな人？

答 謎そのもの。

「つれづれなるままに、日暮らし……」

文章も短く、テンポよく綴られている『徒然草』の冒頭は、最初に書かれたものではなく、最後、またはある程度徒然草ができた時に書き添えたものだと言われています。

徒然草の成立に対しては様々な説があり、兼好法師自身が編集をしたという説や、彼の死後に友人たちが家に残っていた文章を勝手にまとめたものだという説もあります。

それだけ、兼好法師という人は謎だらけの人物です。

兼好法師はもともと、鎌倉時代末期の朝廷に出仕した役人であり、天皇の側近として仕えた経歴を持ちます。父は吉田神社の神職、兄は寺の最高位である大僧正という、超が付くエリート一族の出身と伝えられています。

それが何を思ってか、三十歳前後に出家。兄の身分が身分なので、寺に残ればそれなりの地位は約束されていたのに、それに全く見向きもせずに市井（しせい）での生活を楽しみます。そして、田舎で生活をしながらのんびり文章を書き続けました。何か問題を起こして世間から捨てられたのではなく、兼好法師は自分から現世のしがらみを捨てたのです。

そうして、自由気ままに、見聞きしたことを書き表す生活をし始めます。身分の上下も関係なく、風情を愛する人たちを愛し、それを文章にし、紙に書き残しました。

古典で語られる兼好法師の人物像は、朗らかで人当たりがよく、ポジティブで前向き、というのが定説ですが、それを鵜呑（うの）みにするのはちょっと面白くありません。書いている文章からも誰からも好かれる性格とは真逆の印象を受けるからです。

よくよく調べてみると、ひと癖もふた癖もある、結構ひねくれ者で食わせ者の兼好法師像が、色濃く見えてきます。

出家してからというもの、兼好法師の行動はちょっと不可思議です。まず、兼好法師は出家をしたのに、どのお寺にも所属していません。さらに、どこで出家したのか。そして、どこで修行をしたのかも、明らかになっていないのです。

兼好法師の生きた時代は、鎌倉末期の動乱期。

正確な文献が残っていないのは理解できるのですが、これだけ有名なお坊さんの所在や動向が明らかになっていない、というのはどうにも腑に落ちません。

さらに、まだ娯楽として旅行する習慣がなく、自分の身を守れる武術や武器がなければ旅の途中で横死しかねない世の中なのに、武士でもない兼好法師が、いろんな場所に出かけているのが謎です。

京から鎌倉を何度も行き来し、鎌倉幕府、そしてのちの室町幕府の要人と交流を持ち、個人的な頼み事までされているぐらい、忙しなく動いています。その旅の途中で出会った様々な人の話や、漏れ聞こえてきた話をまとめたのが徒然草のもととなりました。

当時の記録としては珍しい、市井の人々の声や、身分が低いいやしい存在とされた、舞などの芸事を糧にして生きる人々、弓の師匠や木登りの達人などとの交流を文章として書き残しています。朝廷の中にいては絶対に出会えない、様々な立場の人たちの生の声。それらをふんだんに取り入れ、徒然草は出来上がっていきました。

一方、室町幕府から依頼を受け、すでに権力を失っていた鎌倉の様子を見に行った、スパイであったという説もあります。幕府側の要人たちの文書にも兼好法師は数多く登場しています。中には「兼好法師にラブレターの代筆を頼んだのに、女にフラれた。あいつは無能だっ!!」なんていう、幕府関係者の赤裸々な日記も残っていたり……。

ここからも、法師になったのは、朝廷の生活に嫌気がさし、権力から遠ざかるためというよりは、スパイとして動きやすかったから、という理由が見え隠れしてきます。お寺で修行した、和歌の勉強をしたというのも、あくまでも本人が言っているだけで、はっきりとしたことは本当に何もわかっていないのです。

どう考えても、のんびりゆったり、誰も来ない掘っ立て小屋で長々と文章を書いて「ああ、なんか楽しいなぁ」と隠者のような生活を楽しむ人、ではないような気がしてきます。

## 問 兼好法師が徒然草を書いた本当の理由とは？

## 答 友達にかまってほしかったから。

では、そんな謎をたっぷり抱えた兼好法師が、なぜ自分の考えを徒然草という形に残したのでしょうか。

徒然草の中でも再三再四出てくるのは、「話のわかる友達がいない……」という嘆きの言葉です。

友達が一人もいないという意味ではなく、兼好法師の友人たちは皆朝廷に仕える人や、幕府の要人ばかりです。だからこそ、気軽に会いたくとも市井の法師の身分では、なかな

か会うことも難しくなります。本来、出家した人は生きながら死んでいる状態。つまり、俗世の人間関係をいったん全て捨てるのがお約束です。けれど、「話のわかる友達がいない」と嘆く兼好法師の言葉は、本音にあふれています。こういう部分が、とても人間くさい部分だなと思わずにはいられません。

徒然草を書いた理由も「つれづれなるままに（何となく暇だったから）」という理由が冒頭に書かれていますが、兼好法師は歌人であり、一級の文化人です。さらには上質な知識を持つ人物でもあり、自分の文には一定のプライドがあったはず。しかも平安時代と同じく、紙は超高級品です。現代でいえば一枚一万円以上する紙に、「暇だから」という理由だけで、二百四十三段も書くでしょうか？

現代社会でこれだけＳＮＳが流行っているのは、自分のつぶやきや考えに友人や多くの人からの反応があるからです。反応がない文章を書いていても、心が折れるだけ。しかもそれがある程度自分の文章に自信を持っている人ならば「友達が読んでくれたら、絶対感想を言ってくれるのに」と思うでしょう。けれど、彼が住んでいる田舎には、残念ながらそれを理解してくれる人は、いません。

だからこそ「話のわかる友達が今ここにいてくれたら」という本音が、徒然草のいろいろな場所から漏れ出てくるのです。

そう考えると、徒然草の中に身分の高い人々に対する手厳しい意見や、反論されそうな

部分があるのも、わかる気がしてきます。過激なことを書くのは、本当に腹が立ったことも理由でしょうが、炎上してでも何でもいいから話し相手を欲しているからです。自分の気持ちを、わかる相手に聞いてほしいからです。

謎の多い兼好法師が書き残したとされる「あやしうこそものぐるほしけれ」。「何となく妙な気分がする」という訳が定番ですが、一歩突っ込んで考えてみると、様々な解釈が存在するのも納得です。

【原文】

つれづれなるままに、日暮(ひぐ)らし、硯(すずり)に向かひて、心にうつりゆくよしなし事を、そこはかとなく書きつくれば、あやしうこそものぐるほしけれ。

【現代語訳】

話し相手もいないひとり住まいで、あまりにも暇で寂しいので、一日中机に向かって、自分の心に浮かんでは消える、取るに足らないつまらないことを、理由もなく書いていくと、何となく妙な気分がするから、不思議なものだ。

背景知識

## 兼好と宣長の芸術観

徒然草の中でも究極の芸術論だと言われている「花は盛りに」。ある存在がなかったり思い通りにならないことのほうが、それがあったり、思い通りになることよりその存在を感じさせ、風流を感じさせる最上の味わい方なのだという考え方ですが、これに真っ向から反対した人がいました。江戸時代の国学者、本居宣長です。宣長は言います。人とは思い通りになった時、その出来事は記憶に残りにくいものだ。逆に、うまくいかなかったことのほうが強く印象に残る。だから、失恋など記憶に焼きついたものは、和歌などの芸術作品に書き残される。うまくいかないこと＝和歌などの芸術作品に残される＝風流だとするには、あまりに乱暴すぎる。あることが思い通りになり、望みが果たされたことを素直にうれしいと感じることが、本来の人間の姿に近いのではないかと、著書『玉勝間（たまかつま）』の中に書き残しています。この真っ向から反論する意見。本居宣長が兼好法師の横にいたら、よい論客として兼好法師はとても喜んだのでは、と思ってしまいます。本居宣長のほうはおそらく顔をゆがめて嫌がりそうですが（笑）。

# 徒然草・仁和寺にある法師

兼好法師

問　兼好法師がお坊さんの悪口ばかり言っているのはなぜ？

答　お坊さんの権威を失墜させたかったから。

中学校で必ず習う、この「仁和寺（にんなじ）にある法師」。年老いた法師が長年あこがれていた場所へ向かったのだけれど、肝心なところを見ずに帰ってきてしまったという失敗談です。単純に文脈だけで読めば、「案内人はどんな分野でも必要だから、知らないことはすぐしかるべき人に聞くことが重要」と、読み取れます。

しかし、それは文章に書いてあることなので、私はいつも「なぜ、この法師は道を聞かなかったのかな？」と生徒に問いかけます。ほとんどの子がこの質問にびっくりするので

すが、問いかけの先に見えてくるものは、この仁和寺の法師の人となりです。

「法師」という呼称はお寺の中で僧坊、つまり、自分の部屋を持たない僧侶を指す言葉でした。お寺は意外とがっちりした階級社会です。トップの大僧正から考えると、法師はかなり下の身分です。しかし、鎌倉時代では、お寺の外に出ると一般庶民にとって、お坊さんは尊敬の対象でした。その偉い存在が、庶民である自分たちが当たり前のように知っていることを聞いてきたら、どうなるでしょうか。

「山の上には何があるのですか？」と、たった一言聞けなかった仁和寺の法師は、石清水八幡宮のことを事前に調べていなかったことがわかります。文献などで調べたり、実際に行ってきた人たちにいろいろ聞いたりすれば、石清水八幡宮が山の上にあることがわかったはずなのに、それをせずに現地に行き、末社である極楽寺、高良神社を参詣して、石清水八幡宮には参らずに帰ってきてしまいました。

それはなぜかと考えると、恐らく彼にとって「石清水八幡宮を拝みに行くこと」が目的なのではなく、「石清水八幡宮に参詣してきた、と周囲に自慢すること」が目的だったのではないか、ということがすけて見えてきます。つまり、「皆が素晴らしいと言うところに行ってきたよ！」と周囲に話す、宗教者らしからぬ、俗で品がないことが目的だったと言えるかもしれません。

そんな仁和寺の法師が「えっ？この人、法師なのにこんなことも知らないの？」と民

衆に思われたなら、どんな気持ちになったでしょうか。「山の上に興味が惹かれましたが、石清水八幡宮に参ることが目的だったので、山に行くのを我慢したのです」とわざわざ同僚に口に出していることからも、「我慢したのは偉かったでしょう？　ほめて」と、俗な根性がすけて見えます。

この仁和寺の法師。徒然草には違う失敗談も書かれています。

お酒の席で羽目を外した法師が、鼎（かなえ）（足付きの金属製の甕（かめ））を頭からかぶって踊ります。皆はやんや、やんやとはやしますが、宴会が終わり、さて、鼎を頭から外そうとしたら、あごがひっかかって外れない。どんなに頑張っても外れないので、もう死ぬ覚悟で引っ張ってもらったら、抜けたけど鼻が欠けてしまった、というお話。そのエピソードから今でも京都では「仁和寺さんのお花（鼻）は低いから……（仁和寺の桜はしだれ桜で背が低い）」と言われているんだとか。

何となく、これらの話を読んでいると、「お坊さんだって人間だし、まぁ、こういうこともあるよね」と思えてくるのですが、仏教者である兼好法師が辛辣に書くことには大きな意味があります。

同業者が内輪の失敗事をオープンにし揶揄（やゆ）する意図は、個人的な怨恨か、あるいは指摘することで直ってほしいと願っているかの二つに大別されます。兼好法師が厳しい指摘をして、二度とそんなことがないよう願っている、というふうに受け取ることもできなくは

ないですが、何となく、お坊さんの無作法を暴露してバカにして呆れているような……そんな雰囲気が文章から伝わってくるのです。

仁和寺の法師の話以外にも、徒然草の中にはお坊さんの失敗談がたくさんあります。もちろん、この人は素晴らしかったと名指しでほめている時もありますが、失敗談のほうが、圧倒的に多いのです。それに、書き方がどことなく嫌味っぽい……。

弓の師匠や有名な高名の木登りの話などでは、市井の人々に対してとても目線が温かく、尊敬に値することが多いと述べているのに、お坊さんたちに対する尊敬の視線は、あまり感じられません。

現代の解説書には「お坊さんの失敗を微笑ましい気持ちで見守る」なんてことが書かれていますが、どう読んでもそんなふうには受け取れません。むしろ上から目線であざけっている空気がビシバシ漂っています。

問

## なぜ兼好法師はお坊さんの権威を失墜させたかったのか？

答

## 朝廷や幕府のスパイだったから。

民衆に対しては温かい目線なのに、お坊さん相手だとどうしてここまで底意地悪くなる

のだろう、と読みながら感じていたのですが、ここに兼好法師の背景を加味すると謎が解けてきます。

兼好法師は法師という立場ではありますが、お寺とつながっている、というよりも、朝廷や幕府の為政者たちとの関係が強かったようです。為政者からのプライベートな頼まれ事もこなしていたのですから、頻繁な交流がありました。

時は鎌倉から室町への動乱期。兼好法師には、幕府や朝廷から、仏教界の権威を貶める という依頼を受けていた、スパイだったという説もあります。

仏教勢力が急激に勢力を伸ばした鎌倉時代。朝廷や幕府側から考えれば、民衆の心の拠りどころになっている仏教界は、無視できない存在です。下手なことをすれば、「仏様の罰が当たる」「たたりが」「呪いが」と言われてしまいます。怖くて直接は手が出せない。けれども、権力は削いでおきたい。ならば、どうすればいいのでしょうか。そう。民衆からの評判や信頼を落とせばいいわけです。今でいうネガティブキャンペーンですね。

もちろん現代のように情報が一気に広がる時代ではありませんが、何もしないよりはマシだったことは確実です。幕府や朝廷が兼好法師に仏教界へのネガティブキャンペーンを頼み、兼好法師は兼好法師で、品格も教養もない人間が偉そうな態度をしているのが大嫌いな人ですから、ノリノリで暴露話を書いたのではないのかな……と。徒然草はいわば、「仏教界の権威へのネガティブキャンペーンの本」の側面を持っていました。

兼好法師のお兄ちゃんは大僧正（お寺のトップ）なのに……とも思うのですが、だからこその個人的な近親憎悪も手伝って、あんなふうな辛辣な文章になったのでは、と思えてきます。

一方、新説として、兼好法師の兄が大僧正だったというのは真っ赤なウソ。さらには本名である吉田卜部（うらべ）家とは縁もゆかりもなかった人物だったかもしれない、という説も出てきています。どれだけ謎なのでしょう、兼好法師。

【原文】

仁和寺にある法師、年寄るまで石清水を拝まざりければ、心うく覚えて、あるとき思ひたちて、ただ一人、徒歩(かち)より詣でけり。極楽寺(ごくらくじ)・高良(かうら)などを拝みて、かばかりと心得て帰りにけり。

さて、かたへの人にあひて、「年ごろ思ひつること、果たしはべりぬ。聞きしにも過ぎて、尊くこそおはしけれ。そも、参りたる人ごとに山へ登りしは、何事かありけん、ゆかしかりしかど、神へ参るこそ本意(ほい)なれと思ひて、山までは見ず。」とぞ言ひける。

少しのことにも、先達(せんだち)はあらまほしきことなり。

【現代語訳】

仁和寺にいる法師が、年をとるまで石清水八幡宮を参詣していなかったのだが、それをとても残念なことに思われて、ある時思い立って、たった一人、徒歩で八幡宮に参詣した。極楽寺・高良神社（山麓にある末社）などを参詣して、「ああ、石清水八幡宮はこれで全てお参りしたな」と思い込んで、仁和寺に帰ってしまった。

さて、帰ってきたこの法師は同僚に会って、「長年、思い続けてきたことを果たしてきました。石清水八幡宮は、人の噂に聞いていただけだけど、想像以上に実物はとても尊くいらっしゃった。けれど、参詣していた一般の人々は次々に山に登っていったのだけれども、山の上には何かあったのでしょうか。とても興味が惹かれたけれど、今回の旅は石清水を拝むことが目的だったので、山の上までは見ずに帰ってきました」

と、うれしそうに話した（石清水八幡宮は、山上にあった）。

ほんの少しのことでも、その道の先導者はいてほしいものである。

背景知識

## 鎌倉時代のお寺という存在

平安から鎌倉、そして室町時代のお寺は、単なる宗教施設の一つではありませんでした。現在で言うのならば、最新の海外（中国・インド）の文献を研究する大学や大学院であり、多数の貴重な書物を保持している図書館であり、戸籍を管理していた役所でもあり、税務署の代わりをする場所でもありました。時には僧兵による警察や消防の役割を務め、さらには医学的な知識も多少あったので病院の役割をつとめることも。当時の民衆にとって朝廷の国司、幕府の地頭、守護などは遠い存在であり、自分たちを税や戦などで苦しめる存在として忌み嫌っていました。一方、お寺は日々の生活の困ったことを解決してくれて、何よりも悩みや苦しみを和らげる、救いや知恵を与えてくれる対極の場所でした。なので、民衆として困った時に頼りにするのは、朝廷や幕府よりも、圧倒的にお寺のほうだったわけです。民衆の尊敬対象だった、お坊さんたち。けれども内部は熾烈な身分社会であり、下の身分の法師は劣等感に苛まれていた人も多く存在しました。「えっ、知らないんですか？」。今も昔も、その言葉に脅威を感じるのは、知識や権威があると「思われている」階級の人たちということですね。

# 徒然草・花は盛りに

兼好法師

問　兼好法師がいちばん嫌いなものは？

答　完全なもの。

兼好法師独特の芸術論が展開される「花は盛りに」。「よろずのことも、初め終わりこそをかしけれ」と書いてあることからも、「始まりと終わり」という、人の心に印象深く刻まれ、心を揺り動かされる時に人は情緒を理解するのだと、言い切っています。

これは確かにそうですよね。物事の始まりと終わりは、特に印象深いものです。人間関係に置き換えれば、出会いと別れ。また、文化祭や何かしらのイベントも、楽しいのは本

番ではなくその前の準備段階であり、終わりの後片付けのほうが妙に心に残っていたりするものです。

　夏休みもそう。始まる前と始まった当初はあんなにわくわくしていたのに、始まってしまえば時間の進み方が速くなってしまい、終わる最後の一週間ぐらいになって、「ああ、終わってほしくないなぁ」と思う気持ちが湧き上がってくる。

　本来ならば、その期間を思いきり楽しめばいいのに、楽しい時間は早く過ぎ去ってしまうものです。待ち構えている事前の時間と始まった瞬間や、終わった瞬間、終わった後の思い出す時間のほうが、圧倒的にイベントそのものよりも長くなります。物事の始まりと終わりの時間を「ああ、あの時はよかった」と心の底から思うことが、兼好法師の語る風情なのです。

　月も、満月よりも三日月のほうが情緒を感じると兼好法師は言います。花は、満開よりもつぼみが膨らんでいく最初の時間と、花びらが散っていく最後の時間のほうが興味が惹かれていい、と。ということは、兼好法師が評価していないものというのは、満月や満開の花々。盛りの、いちばんいい時であり、何もかもが完全で完璧であるように思われる、みんながいいと絶賛しているものを、評価外としています。

　こう考えると、朗らかで明るい兼好法師の姿にも、ひねくれ者の一面が見えてくるから不思議なものです。からりと明るい面の印象が強い兼好法師ですが、人が決して完璧な存

在になれないように、兼好法師にも欠点がありました。みんなが「いい!」と口をそろえて言うものには、どうしても同意する気にはなれないひねくれた部分であり、人とは違うことを言いたいし、違うことをよしとしたい気持ちが見え隠れします。
たとえば、違う段でも、皆が秋の情緒がいいと言っているが、私は春のほうが風情を感じる、と真っ向から世間に反論しています。
不完全なものに、心が惹かれる。完全なものには、全く心が動かない。
本当に？　とちょっと質問してみたいです。

問

# 兼好法師が二番目に嫌いなものは？

答

# 群れる奴ら。

兼好法師の好みは独特で、鎌倉後期の時代に彼が愛したのは、平安時代の王朝文化でした。そのような古風さを愛しながらも、当時、最先端の無常観や流行したわび・さびの感覚も取り入れた、幅広い教養を持ちえた人物ですが、その中でも「なにごとにも執着しない心を持つべきである」という考え方を愛していました。
流行に乗り、あそこの桜が満開で素晴らしいらしいよと噂を聞けば大挙して押し寄せ、

真っ白な雪が降り積もれば我先にと、自分の足跡をわざとつけようとする、そのような人間の本性に基づく行動を何より嫌いました。

好きなものよりも嫌いなもののほうが、人の性格は色濃く出ます。

兼好法師が何より嫌ったのは、みんなが完璧だと持てはやすものであり、徒党を組んで楽しむことを嫌いました。そんなものに振り回される人々は教養がない、とまで言い切っています。

理由なく流行るものも確かに存在しますが、その流行したものの中から普遍的なものが残るのもまた事実なので、多くの人々が愛するものが悪いとは一概には言えません。兼好法師が愛した王朝文化でさえ、平安時代に多くの人々が「よし」としたもののはずです。

不思議なことに、徒然草の中で兼好法師が人と連れ添って何か物事を楽しんだ、という記述はありません。誰かに話を聞く時も、兼好法師は常に一人です。そこから見えてくるのは、兼好法師がとても孤独だったのではないか、ということです。

話のわかる友達がそばにいてくれたならば……というのは、徒然草を通しての兼好法師の願望ですが、この徒然草を書いたのは晩年に近いころです。すでに朝廷に仕えていたころは遠い昔となり、友達と過ごした日々を一人静かに思い出すことのほうが多かったはず。とすると、物事は始まりと終わりこそが素晴らしい、とした芸術観も、自身が一人空を見上げながら思い出すことのほうが多くなったから生まれたのではないでしょうか。

何かをひどく嫌うことは、何かをひどく偏愛する執着と似ています。

兼好法師ですから、満開の桜の下で酒に酔いながら大人数で大騒ぎするようなことはなかったでしょうが、それでも朝廷に仕えていた時や歌合わせの時は、皆で花を愛で、満月を楽しみ、それが終わることを惜しみながら、その気持ちを皆で分かち合ったのでしょう。そんなふうに、大勢で物を楽しむことはもうないのだろうなと思っている寂しい晩年に、人と群れながら騒いでいる人々を見たならば、文句の一つも言いたくなってくる気持ちはわからなくありません。

人と同じものをいいとは思いたくないと考えながらも、自分の意見や感性に同意してくれる、話のわかる友達が欲しい、と同じ人が嘆く。

考え方が一貫していないのですが、こんなふうに徒然草の中には矛盾している部分がたくさん出てきます。これらの部分が、徒然草は兼好法師という人物が一人で書いたものではない、という解釈の根拠にもなっているのですが、違う人が書いたというよりは、兼好法師自身の考え方が、生活の変化や時の流れに影響されて、徐々に変わっていったのではないでしょうか。人は、嫌いだったものを何かのきっかけで大好きになったり、好きだった人を嫌いになったりしてしまう存在です。

世の中は定まったことがないからこそ素晴らしい、と言いながら、同じ口で、一定の価値観に定まってしまった、平安時代の文化や情緒を最上のものとして絶賛しているのは、

矛盾しています。しかしそれは、兼好法師が私たちと同じ人間であったからです。

身分が絶対であった時代に、人と話すことを愛し、先入観なく様々な職業の人たちと交流でき、その人々の考えに共感を示せたのは、彼自身が不完全で矛盾した存在であったからこそです。

不完全だからこそ、人との会話を何よりも愛した兼好法師。上下の分け隔てなく、人々に対する考えに心を寄せたのは、一人でさみしかったからこそ、その人たちとの会話が本当に楽しかったからなのでしょう。

【原文】

花は盛りに、月は隈なきをのみ見るものかは。雨に対ひて月を恋ひ、垂れこめて春の行方知らぬも、なほあはれに情け深し。咲きぬべきほどの梢、散りしをれたる庭などこそ、見どころ多けれ。歌の詞書にも、「花見にまかれりけるに、早く散り過ぎにければ」とも、「障ることありてまからで」なども書けるは、「花を見て」と言へるに劣れることかは。花の散り、月の傾くを慕ふ習ひは、さることなれど、ことにかたくななる人ぞ、「この枝、かの枝散りにけり。今は見どころなし」などは言ふめる。

よろづのことも、初め終はりこそ

【現代語訳】

桜の花は満開だけを、月は曇ったところが何一つもなくはっきりと見える時だけを見るものなのだろうか、いや、そうではない。雨が降っている夜に、見ることのできない月の姿を恋しいと思い、（理由があって）部屋に閉じこもり、春が過ぎ去ってしまうのを全く知らないでいるのも、やはりしみじみとして趣が深いものだ。満開に咲き誇っている桜よりも、今にも咲きそうな桜の梢や、逆に満開をもう過ぎ去ってしまって、散りしおれてしまった庭などのほうが、見どころが多いものだ。和歌の詞書にも、「花見に行ったのですが、考えているよりも早く散ってしまっていたので、それを歌にしました」とか、「都合の悪いことがあって、花見に行くことができず、家にいた気持ちを歌に詠みました」といったように書いてあるのは、「花を見て歌を詠みました」と言っている歌より、情緒が劣っていることがあろうか、いやあり得ない。花が散ってしまう姿や、月が西の空に傾いていく様子を、名残惜しく感じてしまう風潮はもっともなことであるけれども、特に教養のない人ほど「この枝も、あの枝も、散ってしまった。今はもう、見るところなど何一つない」などと、言ってしまうようだ。

をかしけれ。男女（をとこをんな）の情けも、ひとへに逢（あ）ひ見るをば言ふものかは。逢はでやみにし憂さを思ひ、あだなる契（ちぎ）りをかこち、長き夜をひとり明かし、遠き雲居を思ひやり、浅茅（あさぢ）が宿に昔をしのぶこそ、色を好むとは言はめ。

望月（もちづき）の隈なきを千里（ちさと）の外（ほか）まで眺めたるよりも、暁近くなりて待ち出（い）でたるが、いと心深う、青みたるやうにて、深き山の杉の梢に見えたる、木の間の影、うちしぐれたる群雲隠（むらくもがく）れのほど、またなくあはれなり。椎（しひ）柴白樫（しばしらかし）などの濡（ぬ）れたるやうなる葉の上にきらめきたるこそ、身にしみて、心あらん友もがなと、都恋しう覚ゆれ。

何事においても、始める時と終わる時が、特別に趣深いものなのだ。男女の恋愛も同じことで、ただ一心に逢っている最中だけを「恋」というのだろうか。いや、そうではない。片想いが自分の願いどおりに叶わず、あきらめるしかなかった（終わってしまった）つらさを思い出したり、恋人と交わした約束が叶わないままはかなく関係が終わってしまったことを嘆いたり、恋人が訪ねてこないために、長く感じてしまう夜をたった一人で待ちながら夜を明かしたり、遠い空の下にいるはずの（逢えない）恋人のことを思ったり、茅（かや）（雑草）が生え茂っている荒れ果てた家で過ごしながら、昔の恋を思い出すことこそ、恋の情緒をわかっている、と言うことができるだろう。

　月についても、満月の曇ったところが全くなく、すっきりと明るく美しい姿ばかりを、ずっと遠くまで眺めているよりも、明け方が近くなって待っていた月がようやく姿を現し、その姿がとても趣深くて青みを帯びたような姿で光り、深い山奥の杉の梢の隙間からちらっと見え隠れする、木々の間からこぼれ落ちる月の光や、さっと小雨を降らせた雲に隠れたり、また現れたりする月の姿は、この上なく情緒深いものだ。椎柴や白樺の、まるで濡れているような葉の上に、月の光が輝いてきらめいてすべて、月・花をば、さのみ目にて見るものかは。春は家を立ち去らでも、月の夜は閨のうちながらも思へるこそ、いと頼もしうをかしけれ。よき人は、ひとへに好けるさまにも見えず、興ずるさまもなほざりなり。片田舎の人こそ、色濃くよろづはもて興ずれ。花のもとには、ねぢ寄り立ち寄り、あからめもせずまもりて、酒飲み連歌して、果ては、大きなる枝、心なく折り取りぬ。泉には手足さし浸して、雪には下り立ちて跡つけなど、よろづのもの、よそながら見ることなし。

いるのは、その美しさが身にしみるようでいて、これを理解してくれる情緒を理解している友達が今そばにいてくれたらなぁ、とその友達がいる都が恋しく思われてくる。

全て、月や花というものは、そんなふうに目だけで見るものなのだろうか。いや、そんなことはないだろう。春はわざわざ家から出て行かなくても、月の夜は寝室の中にいたままでも、月や花の姿を想像して楽しむのは、直接見るよりもかえって心が豊かになって、趣深いものだ。人格や教養に優れている人は、むやみに物を好むようには見えないし、物を面白がり、楽しむ様子もあっさりとしている。田舎に住んでいる教養のない人ほど、そういうことにかえってしつこく、何事もおもしろがってもてはやす。教養のない人たちは、花見に行けば、花の木の下で自分の体をねじ込ませるように割り込んで行って、わき目もふらずにじっと見つめ続け、酒を飲んだり、連歌をしたりして、しまいには大きな枝を平気で折り取ってしまう。春だけでなく、夏には泉に手や足を突っ込んでひたして涼をとり、冬には真っ白な雪原に下り立ち、自分の足跡を付けようとするなど、すべての物事において、少し離れた場所から見て楽しむ、という態度がない。

背景知識

## 花見の歴史

花見の習慣は奈良時代に始まりました。けれども、その時は桜ではなく、愛でたのは梅でした。遣唐使の影響で唐の文化が色濃く反映したために、奈良時代は梅を愛でていたのです。平安時代に入り、遣唐使の廃止とともに梅よりも桜が好まれるようになりました。花見は貴族のみの楽しみだったので、和歌の中で盛んに桜が詠まれるようになったのも、この時期です。平安末期になってくると武士たちにもその風習が広まっていき、そこから庶民にも広がりましたが、当時の武士たちには桜はあまり縁起のいい花とは思われていませんでした。爆発的に広まったのは、安土桃山時代。特に豊臣秀吉が好んだと言われています。それを経て、江戸時代には現在のスタイルが定着していきました。この「花は盛りに」で、兼好法師が「教養のない」「片田舎出身の人々」と酷評したのは、満開の桜の花の下でお酒を飲んで、連歌（和歌の上の句と下の句を複数で詠み継ぐもの。団体で楽しんでいた）を大声でして、好き勝手に騒ぐ、というものです。現代の花見の様子を兼好法師が見たら、もしかしたらため息をつくかもしれませんね。

満月よりも三日月の良さがわからんかなー
もしかしてさみしい？

# 四

# 平家物語

成立年代、作者ともに未詳。平家一門の盛衰を描く、もともとは琵琶法師によって語られた「語りもの（平曲）」文学。原形の成立は、承久の乱（一二二一年）以前とされているが、平曲の形として完成するのは十四世紀中ごろである。全十二巻の和漢混淆文であり、増補・改訂を繰り返して現在の形となった。中世を代表する軍記物で仏教的世界観に支えられた平家の滅びの物語は、後世の、能・浄瑠璃・歌舞伎の題材としても取り上げられ、愛されている。

平家物語・

# 祇園精舎の声

作者不詳

問 そもそも平家物語って何？

答 仏教の勧誘パンフレット。

「祇園精舎の鐘の声、諸行無常の響きあり。沙羅双樹の花の色、盛者必衰の理をあらはす」

日本人ならば誰もが一度は耳にしたことがある文章。耳にしただけではなく、小学校、中学校の時に暗記させられた記憶が強い、この冒頭文。

琵琶法師たちが語って聞かせた物語であり、メロディに乗せて語られていた文章なので、読んでいてもリズムがあり、対比が折り込まれている文章は、長く語り継がれているもの

なのだと感じさせる名文です。

しかし、よくよくこの文章を読んでみると、「あれ？」と思うことが出てきます。

それは、「諸行無常」と、「盛者必衰」の意味。

「諸行無常」は、万物は常に変化すること。

「盛者必衰」は、この世は無常であり、栄華を極めている者も必ず衰える時がくる、という意味です。

一見、同じじゃないかと思えるのですが、実はこの二つの言葉、明確に違いがあります。

「諸行無常」のほうは、「栄華」「衰える」という意味は強調されていません。一般論として、普遍的に変わらないものは何もなく、常に変化している。つまり、栄えたものがいったん崩壊したとしても、それが永遠に続くわけはない。また再生し、復帰することもできる。

そして、また変化が訪れる。だから、目の前の出来事に一喜一憂するのではなく、その変化から何かしらを学び取りなさい、という仏教的な教訓も含まれている言葉です。

しかし、「盛者必衰」は「栄華」→「衰える」という一方通行を強調している言葉です。

つまり、栄えたものは必ず滅ぶ。それで終わりです。

この冒頭。どうにも諸行無常の「常に変化」という意味ではなく、盛者必衰の「栄えたものは必ず滅ぶ」、という意味が中心となって書かれているように思われます。

さて、それはなぜなのでしょうか。

平家物語は、作者はおろか、そのはっきりとした成立年代もわかっていません。確かなのは、複数の人間が著作に関わり、最終的にそれを琵琶法師たちが歌う曲と共に広まっていったということです。

平安時代以降、上級社会では死の前に出家をして仏道に入り、仏に仕えることが最上の救いとされていました。この平家物語の中でも、多くの有名な武士たちが様々な理由で、出家するシーンが数多く描かれています。これは、栄えてもおごり高ぶってしまうと必ず滅びがやってくるのだから、よくよく心しなさい、という教訓めいたものとして受け取ってもよいのですが、平家物語は、そんな道徳的な教科書として書かれたものではなかったはずです。

滅びたものには、何も残されないのが世の常です。しかし、平家物語は滅びた平家を中心として語られています。しかも、時の権力者であった勝者の源氏を非難するような部分も多く書かれています。なぜそんな時の権力者ににらまれるようなことをしてまで、わざわざこの物語を書いたのでしょうか。平家物語は本の形で広まったものではありません。音楽とともに、盲目の琵琶法師たちが歌い継いだものです。そこから、文字の読めない人たちのために作られたものだということは、想像がつきます。琵琶法師たちが歌った相手は、文字の読めない民衆や下級武士たちでした。

## 問　平家物語で「盛者必衰」が強調されたのは、なぜ？

## 答　人々を仏教に帰依させるため。

　平家物語は滅びの物語です。この物語の最後は平知盛の「見るべきほどのことは見つ（見届けなければならないこと〔平家一門の最期〕はすべて見た）」という言葉に集約されているように、滅びを受け入れ、物語は終わります。そこには救いはありません。どれだけ人格者でも才能を持っていても、この戦乱の中で平家の一員、というだけの理由で、様々な人物たちは非業の死を遂げていきます。

　現世に救いなどない。能力や才能、家柄や財産に恵まれていたとしても、必ず滅びてしまう。激動の運命に翻弄されながらも、はかなく散っていった木曽義仲、平敦盛、そして源義経……。

　救いのないこの世界。栄華を極めても、滅びるのは避けられない。ならば、何を心の拠りどころとして生きればいいのか。その答えは、平家物語の中でたくさん語られています。

　物語の中（実際の史実でもそうですが）では、つらい思いをしながら、この戦乱を生きのびた人ほど、救いを仏教に求め、出家しているのです。

時は末法思想（ブッダの教えが年代を経るにつれて人々に届かなくなる考え方、仏教徒にとって絶望の時代）が流行し、貴族たちが帰依していた仏教に代わって、法然、親鸞らが始めた鎌倉新仏教が、だんだんと武士や民衆にも広まるようになりました。武士たちのために作られたのではないかと思うほどにストイックな、栄西や道元が始めた禅宗もこのころに登場しています。これら鎌倉新仏教は、動乱の世に救いが求められていたから発展したと考えることもできますが、需要があっても伝達者がいなければ流行などしません。さらには、その供給の仕方も、貴族社会とは違うやり方をしなければ、民衆に受け入れられることはなかったはずです。

琵琶法師は、平家琵琶とも平曲とも呼ばれる娯楽性の高い一大ジャンルを築いていきます。琵琶法師が歌いかなでる平家物語は、キリスト教の讃美歌のように、メロディとリズムに乗って民衆の耳に響いていきます。文字が読めない民衆にも自然とその内容が心に染み込んでいくのです。実際、この平家物語の冒頭文は音韻が徹底的にそろえられていて、文章自体に心地よいリズムが存在します。

心地よい平曲を一度でも聴いた民衆は、滅びの悲劇にはまり、何度も聴きたいと足を運んだのは想像に難くありません。

「諸行無常」ではなく、「盛者必衰」の意味合いが強く押し出されているのも、物語を悲劇的に終わらせることで得られる効果を狙ってのことです。人は悲劇的なものを見せつけ

られると、「どうしたらこうならずに済んだのだろう」「どうしたら、救われたのだろう」と自然と考えてしまうものです。そんな時に救いの道をしるしたパンフレットがあったら、人はどうするでしょうか。

平家物語の登場人物たちが何とか救われようと仏にすがったように、平家物語の語りを通じて庶民が新仏教に救いを求めていったのならば、爆発的な鎌倉新仏教の広まりの一端に、この平家物語も関わっていたのかもしれません。

【原文】

祇園精舎の鐘の声、諸行無常の響きあり。沙羅双樹の花の色、盛者必衰の理をあらはす。おごれる人も久しからず、ただ春の夜の夢のごとし。たけき者もつひには滅びぬ、ひとへに風の前の塵に同じ。

【現代語訳】

祇園精舎に鳴り響く鐘の音は、この世に存在するあらゆるものは絶えず変化してとどまることがないという真理を告げる響きがある。また、咲けば必ず色あせて枯れてしまう沙羅双樹の花の色は、勢いが盛んな者も必ず衰えるものだという、この世の道理をあらわしている。そう考えると、世の中で活躍し、得意になっている人であったとしても、その活躍ぶりがいつまでも続くわけがなく消え去ってしまうのは、まるで春の夜の夢のようにはかないものだ。また、いくら武勇にすぐれていても、戦い続けていればその栄光も長く続くわけがなく、結局滅び去っていくさまは、まるで風に吹き飛ばされてしまう塵のようにはかないもので、まるで元からなかったかのように消え去ってしまうものだ。

背景知識

## 鎌倉新仏教が爆発的に庶民に広まった理由

仏教が日本に伝来したのは、六世紀ごろの飛鳥時代。それから約六百年もの間、宗教は常に貴族や特権階級のものであり、庶民に普及することはありませんでした。仏教の教えや救い、悟りを体得するためには、財力や学力（識字力）が必要だったからです。しかし、学力といっても、学ぶことすら庶民にはできません。生活することが大変だった時代に、学問は二の次にされていました。その大前提を、鎌倉新仏教、特に浄土宗系の仏教が覆（くつがえ）します。浄土宗系の仏教の特徴は、ひたすら念仏を唱えればよいということ。厳しい修行は一切なしです。これならば、学問のない庶民も簡単に帰依することができます。毎日念仏を唱えましょうという非常にやりやすい方法は、庶民にとって日々の生活に取り入れやすいものでした。負担がとても少なく、それを行うことで精神的な安定が得られ、救いがあるということで、広く庶民に受け入れられていったのです。ちなみに、このころの仏教は基本的には「密教」です。理詰めの顕教に比べ、不思議なパワーが救ってくれるとした密教の方が、人々には断然ウケました。秘密の力に魅力を感じてしまうのは現代人も同じですね。

## 平家物語・扇の的

作者不詳

問 平家物語が運動会と関係があるって本当？

答 本当。紅白の始まりだから。

「ころは二月十八日の酉の刻ばかりのことなるに……」

軍記物らしい、超人的な武勇を描き出した那須与一の場面は、話も面白い上にわかりやすく、想像しやすいシーンです。

当時、戦闘は基本的に昼間のみのものでした。もちろん例外的な場面はありますが、平安末期、松明の明かりは、闇の中で敵味方を判別するのに十分なものではなかったのでしょう。日暮れとともに戦闘をやめ、夜明けとともにまた始まる。それを繰り返していました。

「扇の的」で語られる、この屋島の戦いは、源義経の奇襲から始まります。

京の都から敗走した平家。たどり着いた屋島（現在の香川県高松市にある島山）で物資をととのえ、態勢を立て直します。平家に追討ちをかけようにも、源氏には水軍（現在の海軍）がありません。さらには末端の武士たちが反乱を起こしたり、指揮系統が混乱し、一気に源氏側の旗色が悪くなりかけるのですが、それを立て直したのは、やはりこの人、源義経でした。

自軍の反乱を治めると、瀬戸内の水軍を味方につけて統制し、暴風雨の中を突っ切って平家を追いかけます。そして、たどり着いた屋島で、油断していた平家の背後をついて奇襲したのです。動き方が完全に少年漫画の主人公。一の谷の戦いでの鵯越の逆落としもそうですが、義経は奇襲の天才です。「さすがは牛若!」と思えるシーンが満載ですし、アクション映画さながらの怒涛の展開が続きます。

しかし、そんな無茶な進軍を続けたからなのか、源氏の軍勢は少数です。一度は奇襲に慌てた平家もその数の少なさに気づき、冷静さを取り戻していきます。海に逃れた平家は弓で応戦し、義経自身もあわや命を落としそうになった中、一時休戦の合図とばかりに女性を乗せた舟が源氏の前に進み出たのです。

戦いが行われた旧暦の二月は現在の三月にあたり、時刻は午後六時前後ですから、ぎりぎり日の入り間近、ということになります。日が暮れ、戦闘も終わるだろうと思われてい

たその時が、このシーンの始まりでした。

扇の地色は、紅（赤）。その中心に、日の出を表す金色の丸が描かれていました。海の青に映えるように、目立つ赤を選んだのか。それとも、赤い夕空に紛れて射づらいから選んだのかは、わかりません。けれども、この屋島の戦いは後世の様々なものに影響を与えています。そのひとつが、紅と白の色のセットです。運動会や歌合戦で紅白に分かれて戦う由来は、源平合戦からなのです。

平家が赤旗、源氏が白旗。なぜ旗の色が赤と白に分かれたかは、諸説あります。

平家の赤旗は、朝廷軍（官軍）の意味です。飛鳥時代、壬申（じんしん）の乱で勝利した大海人皇子（おおあまのおうじ）が赤旗を使っていたことに由来します。幼い安徳（あんとく）天皇を擁していたこともあり、平家には朝廷の正統な軍は自分たちだという、自負がありました。さらに平家は、京都の南を守る役目をしていた北面の武士（平家がいる場所から天皇を見ると北に面する）です。陰陽五行で南を表す色は赤。自らの家を象徴する色を、旗印として掲げました。

対し、源氏の白は、君主に忠誠を誓う潔白を表し、純粋無垢、軍神・八幡大菩薩（はちまんだいぼさつ）の加護を得られる色として、白を選びました。当時は、白旗＝降参、という意味はなく、関東武士である源氏の武将たちは、貴族的な特権階級を示す色よりも、潔白という素朴さが合っていたのでしょう。

赤白とせず、紅白という字がセットとなったのは、赤には赤っ恥、赤字など悪い意味合

いがあったからです。紅は逆に特別な、魅力的な、という意味合いがありました。

問
## 平家はなぜ扇の的を掲げたのか？

答
## その後の戦いを有利に導くための計略。

源氏が平家に勝った、という歴史的な事実を知っている状態でこの話を聞くと、「戦闘にこんな遊びを入れてくるなんて、平家はやはり滅んで当然だ」と思うかもしれませんが、実はこの屋島の戦いの時には、戦局がまだわからない時期でした。もちろん、一の谷の戦いで大局は決まっていたかもしれませんが、平家には三種の神器（皇位のしるしとされる三つの宝物）と、時の天皇である安徳天皇が手中にあります。政治的な取り引きでどうとでも生き残るすべはまだありますし、この屋島の戦いでは、兵の数では圧倒的に勝っています。戦場での兵の士気を高めなければと、平家は計略的に仕掛けました。

源氏が的を外してくれれば、大儲け。源氏の顔に泥を塗ることになり、敵方の士気が落ちます。仮に当てたとしても、源氏側がその成功に浮かれ、油断するかもしれません。さらに、舟に乗っている女性に矢を当てたのならば、敵討ちとばかりに自軍の士気が高まる可能性もあります。平家は余興でも何でもなく、勝算込みで挑発を仕掛けたということに

なります。それにしても、この女性は、本当に勇気がありますよね。現代でいうのならば、ライフルの的の横に立つようなものです。しかも相手の力量はわかりません。少しでも外れれば、自分の命が危ない中で、扇を指し示すわけです。しかも場所は常に揺れ動いている舟の上。外すほうが可能性として大きい賭けならば、合理的に考えると無視するのがいちばんです。外せば平家側はそれを揶揄し大いに吹聴するでしょう。成功より失敗のほうが痛いのならば、勝手に仕掛けてきたのは平家側なのだし、挑発には乗らないのが、賢い判断です。けれど、源氏は乗ってしまうのです。

このような、非合理的な行いが平家物語の中にはたくさん出てきます。特に義経は、こういうエピソードだらけです。「あの扇の的。外せば源氏の名折れだ！　必ず射よっ！」と部下に命令するほうは簡単ですが、実行するほうは命がけです。この義経の命令を側近たちはみんな断り、さらにその側近が推薦したほかの武将も断り、人選は堂々巡りとなっていきます。それぐらい無理難題だったのです。

大将が冷静ならば、そこで兵を引くこともできたのでしょうが、義経は違いました。射落とせる人物を何が何でも連れて来いと、自軍の中で弓の名人を執拗に探します。そこで白羽の矢が立ったのが、那須与一。その後の展開はお話の通りですが、成功したからよかったようなものの、こんな無理難題を押し付ける上司ってどうなのでしょう。

もちろん、失敗していたら与一の言葉にある通り、切腹でした。戦の勝敗とは関係ない

ところで命を落としてしまうのです。そっちのほうが、武士の恥では？　と思わずにはいられないのですが、誰も義経を止めません。というより、止められないのです。

後世、実の兄頼朝（よりとも）に冷酷な仕打ちを受けた悲劇の人物として人気の高い義経ですが、実際はこの扇の的のくだりに代表されるように、無理難題を部下に命令する、頭の痛い上司でもありました。

あなたが那須与一だったら、この命令、引き受けますか？

## 【原文】

ころは二月十八日の酉の刻ばかりのことなるに、をりふし北風激しくて、磯打つ波も高かりけり。舟は、揺り上げ揺りすゑ漂へば、扇もくしに定まらずひらめいたり。沖には平家、舟を一面に並べて見物す。陸には源氏、くつばみを並べてこれを見る。いづれもいづれも晴れならずといふことぞなき。与一目をふさいで、

「南無八幡大菩薩、我が国の神明、日光の権現、宇都宮、那須の湯泉大明神、願はくは、あの扇の真ん中射させてたばせたまへ。これを射損ずるものならば、弓切り折り自害して、人に二度面を向かふべからず。いま一度本国へ迎へんとおぼしめさ

## 【現代語訳】

時は旧暦二月十八日。午後六時のころであった。折から北風が激しく吹いて、岸を打つ波も高い。舟は、その波にあおられるように、揺り上げ揺り落とされ、上下に漂っているので、舟の先に取り付けられている扇もくしに定まっておらず、ゆらゆらと動いている。沖には平家が、舟を一面に並べて、これを見物している。陸には源氏が、馬のくつわを並べて見物していた。海上でも陸上でも、どちらを見ても、晴れがましい光景とはまさにこのことだった。与一は目を閉じて、

「南無八幡大菩薩、我が故郷の神々よ。日光の権現さま、宇都宮大明神、那須の湯泉大明神よ。願わくば、あの扇の真ん中を射させたまえ。これを射損じれば、私は弓を折り、腹をかき切って自害し、二度と人前に顔を出そうとは思いません。なので、今一度本国へ帰そうと思ってくださるなら、この矢を外させないでください」

心の内で祈り、覚悟を決めて目を見開けば、その祈りが通じ

ば、この矢はづさせたまふな。」と心のうちに祈念して、目を見開いたれば、風も少し吹き弱り、扇も射よげにぞなつたりける。

　与一、かぶらを取つてつがひ、よつぴいてひやうど放つ。小兵(こひやう)といふぢやう、十二束三伏(そくみつぶせ)、弓は強し、浦響くほど長鳴りして、あやまたず扇の要(かなめ)ぎは一寸ばかりおいて、ひいふつとぞ射切つたる。かぶらは海へ入りければ、扇は空へぞ上がりける。しばしは虚空(こくう)にひらめきけるが、春風に一(ひと)もみ二(ふた)もみもまれて、海へさつとぞ散つたりける。夕日のかかやいたるに、みな紅(ぐれなゐ)の扇の日出(い)だしたるが、白波の上に漂ひ、浮きぬ沈みぬ揺られければ、沖には平家、ふな

---

たのか、風が少し弱まり、的である扇も射やすい状態になった。

　与一は、かぶら矢をとって弓につがえ、十分に狙いをつけてから、ひゅっと矢を放った。体が小さいとは言いながらも、矢の長さは十二束三伏（こぶし十二握りと指三本を加えた長さ）。弓は強く、かぶら矢は浦一帯に鳴り響くほど長いうなりをあげて、与一の狙い通り扇の要から数センチほど離れた場所をひぃふっ、と射切った。かぶら矢はそのまま飛んで海に落ち、扇は空へと舞い上がった。そのまま空を漂い舞い、春風に一もみ、二もみ、もまれて、海へとさっと散り落ちた。空には夕陽が輝き、海面は白い波が彩っている。その白波の上に、金の日輪を描いた真っ赤な扇が漂って、浮きつ沈みつ揺られているのを、沖では平家が、舟端を叩いて感嘆し、陸では源氏が、矢を入れているえびらを叩いて、与一の成功をほめたたえた。

　あまりの素晴らしさに、感激したのか、舟の中から、五十歳ばかりで黒革おどしの鎧を着た、白い柄の長刀を持った男性が、扇の立ててあった場所に立って舞を舞った。そのとき、伊勢三

ばたをたたいて感じたり、陸には源氏、えびらをたたいてどよめきけり。

あまりのおもしろさに、感に堪へざるにやとおぼしくて、舟のうちより、年五十ばかりなる男の、黒革をどしの鎧着て、白柄の長刀持つたるが、扇立てたりける所に立つて舞ひしめたり。伊勢三郎義盛、与一が後ろへ歩ませ寄つて、「御定ぞ、つかまつれ。」と言ひければ、今度は中差取つてうちくはせ、よつぴいて、しや頸の骨をひやうふつと射て、舟底へ逆さまに射倒す。平家の方には音もせず、源氏の方にはまたえびらをたたいてどよめきけり。

「あ、射たり。」と言ふ人もあり、また、「情けなし。」と言ふ者もあり。

郎義盛が与一の後ろへと馬で歩み寄って、

「ご命令だ。あの男を射よ」

と命じたので、今度は中差を取ってしっかりと弓につがえ、十分に引き絞って、男の頸の骨をひょうふっと射て、舟底へ男を真っ逆さまに射倒した。平家側は、静まり返って音も聞こえない。源氏側は、今度もえびらを叩いて、どっと歓声をあげた。

「ああ、見事に命中した」

と言う人もいれば、

「なんとむごいことを」

と言う人もいた。

背景知識

## 意外にバカ？　悲劇のヒーロー源義経の性格

武芸の才能は天才的で、牛若丸（うしわかまる）と弁慶（べんけい）のエピソードでも有名な、源義経。その最期の悲劇性とも相まって、源平合戦の武将たちの中で非常に有名ですが、この「扇の的」にも出てくるように、彼は冷静沈着とはほど遠い性格をしていました。この扇の的のエピソードの後、義経は危険を冒して、海に落ちた自身の弓を回収します。弓が平家側に拾われて「大将の自分の弓がこんなにも脆弱（ぜいじゃく）だったのかと、平家に言われることは耐えられない」という理由からです。それだけでなく、一の谷の戦いやこの屋島の戦いでも、義経は無茶な作戦を実行。当時の常識から考えれば自殺にも等しい行為を、味方に止められても、強引に実行してしまいます。もちろん、誰にも考えられない無茶なことをやり遂げられたからこそ、目覚ましい成果を上げられたのでしょうが、兄頼朝との確執があらわになった時、義経とともに戦場を駆けた兵の中で、彼の立場を擁護する武将はほとんどいませんでした。嵐の中に舟を出す暴挙。仲間とは常に言い争い。自身や有能な部下の命よりも、名誉を重んじる思考回路。源義経は、思い込んだら猪突猛進で進んでいくしか能のない「猪侍」と味方からあざけられる人物だったのです。

# 平家物語・木曽の最期

作者不詳

問 平家物語はフィクションって本当？

答 本当。少年漫画的な展開が満載。

平家物語は平家対源氏の戦い、と受け取っている人も多いでしょうが、実は、平家対源頼朝軍対源義仲（頼朝のいとこ。通称・木曽義仲）軍の三つ巴の戦いです。これが、木曽義仲の討ち死により、平家対源氏（源頼朝軍）となっていきます。派手に戦っている武士たちの裏側で、武士勢力の本当の敵である後白河法皇も暗躍するのですが、それはまた別のお話なので、ここでは割愛。

この木曽義仲が失脚するきっかけも、後白河法皇との関係が決定打となりました。平家

物語に共通するのは、強い武力を持っていたとしても、「何をやっても許されるだろう」と思い込み、軽率な行動をとってしまった人物が皆、討ち死にをしていることです。どれだけ強くあろうが、手段と方法を間違えてしまうと、滅びてしまう。その原因は、「自分は強い」と慢心したからなのでしょうか。

木曽義仲も、彼の配下が飢饉一歩手前の京の都で略奪に近い行動をしてしまい、さらには次代の天皇に、自分に都合のいい人物を推薦したことがもとで、後白河法皇の不興を買います。敵にしてはいけない人を敵にしてしまったのです。

望めば何もかもが叶うと思い込む人物がのちに滅ぶのは、現代でもわかりやすい死亡フラグ。木曽義仲は、同族であるはずの源義経軍に一気に攻め込まれ、京から敗走することになります。

そうして追い詰められた木曽義仲軍は、たった三百騎程度で義経軍の攻撃を防がなければならなくなりました。その戦闘の様子が、この「木曽の最期」に詳細に描かれていますが、いくら強いといっても、これは現実的でしょうか。さらに言うのならば、木曽義仲と今井四郎兼平（いまいのしろうかねひら）、主従二騎しか残っていないのに、なぜこんなにも詳細に二人の会話が残っているのでしょうか？　誰かがこっそり聞いていた？　それとも、兼平が生き残ったとか？　いったいこの話、誰が書き残したのでしょうか？

この部分で、兼平は矛盾した発言をしています。「あなたは疲れてなどいません」と言い、

義仲が気力を取り戻した途端、「あなたは疲れています。もう味方も誰もおりません」と、真逆なことを言っています。

敗戦に次ぐ敗戦で、気弱になった主君を励まし、また、名もない雑兵（ぞうひょう）に討ち取られる不名誉よりも、自害して名誉を守ってほしい。それが私の願いだからと、現実を義仲に認めさせ、彼に自害を決意させる重要シーンですが、本当にこんな会話が二人の間で交わされたのでしょうか？

語り継ぐべき存在が明らかにいないということは、後世の人々が「この二人の最期には、こんな会話があってほしい」という、理想的な武士の主従関係を描き出した、「フィクション」ということになります。

平家物語は、史実から最低限の素材を取り込み、様々な人が書き足していった結果、現在のような物語になりました。すべてが創作、というわけではありませんが、特に叙情めいた部分はそのほとんどが創作です。

**問**

## 女武将・巴御前が描かれたのは、なぜ？

**答**

## 愛する人とともにいたいという願いから。

さて、この「木曽の最期」のエピソードの中でひときわ光るのが、女武将の巴御前。この前の段で、巴の紹介が詳細になされていますが、彼女は今井四郎兼平の妹でもあり、木曽義仲とは乳兄弟の間柄です。身分差はもちろんありますが、現代の感覚で言うのならば幼なじみです。長い黒髪がとても美しく、容姿端麗でさらには弓でも太刀でも男性に引けをとることはなく、さらには相手が鬼であってもひるむことなどない、勇気あふれる女性として描かれています。

けれど、この巴御前は義仲の正式な妻ではありません。妾であり、今で言う愛人の一人ということになります。貴族だけでなく武士の世界でも、身分差は歴然としていて、彼女は軍の統率を任された、源氏の頭領一族の正妻にはなれない立場でした。むしろ、公の身分は全くないに等しかったからこそ、愛する人の最期の最期まで付き従った巴御前の姿が、こんなにも鮮やかに描かれ、後世に語り継がれるようになったのでしょう。

逃げて生きのびろと義仲に言われ、最期の戦いを見せて、落ちのびる。けれど、巴のその後を記した書物は存在しません。そして、巴の勇姿を正確に訳すとたいがい、高校生男子が真っ青になります。確かに馬上から相手の頭を捕まえて、首をねじ切る腕力って、どれぐらい？　と素直に思います。物理的にそれが可能かどうかはいったん横に置いておいて、できたとしてもあまり想像はしたくないですよね。

巴御前は名の知れた女武者ですが、実際に巴という女性がいたかどうかは、わかってい

ません。なぜかというと、巴の名前は、平家物語以外に書かれていないからです。実際に平家物語の中に描かれているような武勇を巴が上げているのならば、確実に違う史料の中にも書かれているはずです。しかし、そのような史料は残念ながら存在していません。その一方で、巴御前の墓といわれている巴塚は、全国に十数か所存在しています。つまり、巴は、いたかいないかが、本当にわからない存在なのです。義仲は敗れた武将なので、その愛妾の話までもが史実に残ることは難しいかもしれませんが、平家物語に描かれている華々しい活躍があったのならば、全くない、というのも釈然としません。

ならば、巴の存在は完全なフィクションなのでしょうか。

「七騎がうちまでは巴は打たれざりけり」「五騎がうちまでは巴は打たれざりけり」と、巴の奮闘は強調されています。義仲と兼平の主従の別れのシーンがフィクションであったように、このシーンもフィクションだったとするのならば、現実にはあり得ない理想を、描き出したということになります。

平安時代、女性は常に家から動けず、ひたすらに訪れてくる男性を待つことしかできませんでした。鎌倉時代の武家社会になったからといって、その習慣が劇的に変わることはありません。その中で、可能ならば愛する人の最期の瞬間まで、ともにいたいと願う女性の願い、あるいは、最期まで愛する人にともにいてほしいと願う男性の願いが、巴という存在を生み出させたのかもしれません。その当時の人々の願いが、複数の巴塚が残ってい

るということにもつながっていきます。

時は、動乱。国のあり方や秩序、固定観念そのものが根底からくつがえるかと言われていた時代です。その中において、時代を動かそうとした新しいリーダーのもとに、それまでの女性たちとは全く違う考えや行動をした人物がいてほしかったという願いが、巴御前というありえない女性の姿を生み出したのかもしれません。

【原文】

木曽左馬頭、その日の装束には、赤地の錦の直垂に、唐綾をどしの鎧着て、鍬形うつたる甲の緒しめ、いかものづくりの大太刀はき、石打ちの矢の、その日のいくさに射て少々残つたるを頭高に負ひなし、滋籐の弓持つて、聞こゆる木曽の鬼葦毛といふ馬の、きはめて太うたくましいに、黄覆輪の鞍置いてぞ乗つたりける。鐙ふんばり立ちあがり、大音声をあげて名のりけるは、「昔は聞きけんものを、木曽の冠者、今は見るらん、左馬頭兼伊予守、朝日の将軍源義仲ぞや。甲斐の一条次郎とこそ聞け。互ひによい敵ぞ。義仲討つ

【現代語訳】

木曽義仲はその日、赤地の錦の直垂（鎧の下に着る服）に、唐綾縅しの鎧を身に着け、くわ形を打ってある兜をかぶり、いかめしく作ってある大太刀を腰に帯びていた。その日の戦いで射残った石打ちの矢を、頭から高く突き出るように高めに背負い、滋籐の弓を持つ。世間で評判になっている木曽の鬼葦毛という、いかにもがっちりとしているたくましい馬の腹に、金覆輪の鞍を置いて、木曽殿は乗っていた。鐙を踏ん張って立ち上がり、大声を張り上げて名乗りを上げた。

「お前たち。今までに、風の噂や人づてに、『木曽の冠者』という名を聞いたことがあるだろう。今、お前たちが目の前に見ている私こそが、木曽の冠者。左馬頭兼伊予守、朝日将軍、木曽義仲だ。敵方は、甲斐の一条次郎と聞いている。たがいに、戦うにはよい相手だ。お前にできるのならば、この義仲の首を討ち取って、源頼朝公に見せるがよい」

叫んだ義仲は、馬を駆け走らせた。一条次郎は、

て兵衛佐に見せよや。」とて、をめいて駆く。一条次郎、「ただ今名のるは大将軍ぞ。余すなものども、漏らすな若党、討てや。」とて、大勢の中に取りこめて、我討つとらんとぞ進みける。木曽三百余騎、六千余騎が中を縦さま、横さま、蜘蛛手、十文字に駆け割つて、後ろへつつと出でたれば、五十騎ばかりになりにけり。そこを破つて行くほどに、土肥次郎実平、二千余騎でささへたり。それをも破つて行くほどに、あそこでは四五百騎、ここでは二三百騎、百四五十騎、百騎ばかりが中を駆け割り駆け割り行くほどに、主従五騎にぞなりにける。

---

「今名乗ったやつは、大将軍義仲だ！　お前たち、敵を一人も討ちもらすな！　全員、討ち取ってしまえ！」

と叫んだ。一条の軍勢は、木曽殿を大勢で取り囲んで、自分こそが義仲の首を討ち取って手柄を取ろうと勢い込んで進み出た。木曽側の軍勢は約三百騎。対し、敵側は六千騎という大差がある中、木曽側は敵軍を縦に貫き、横になぎ倒して、くも手、十文字に相手方を蹴散らした。そして、敵の後方へ抜け出た時には、味方は五十騎にまで減っていた。それでも敵が追いかける中を進んでいくと、その先には土肥の次郎実平の軍勢が、二千騎で待ちかまえている。この敵軍も打ち破って進めば、進めば進むほどに敵が出現し、あちらに逃げれば四、五百騎程度が待ちかまえており、次は二、三百騎。その次は、百四十から百五十騎ほど。その次は、百騎と駆け抜けていくと、結果的に木曽殿の軍勢はたった五騎にまでなってしまっていた。その残った五騎のうち、巴御前は討ち死にせずに、生き残っていた。そこで木曽殿は巴に、五騎がうちまで巴は討たれざりけり。木曽殿「おのれは疾（と）う疾う、女なれば、いづちへも行け。我は討ち死にせんと思ふなり。もし人手にかからば、自害をせんずれば、木曽殿の最後のいくさに、女を具せられたりけりなんど言はれんこともしかるべからず。」とのたまひけれども、なほ落ちも行かざりけるが、あまりに言はれたてまつて、「あつぱれ、よからう敵がな。最後のいくさして見せたてまつらん。」とてひかへたるところに、武蔵（むさし）の国に聞こえたる大力（だいぢから）、御田八郎師重（おんだのはちらうもろしげ）、三十騎ばかりで出できたり。巴その中へ駆け入り、御田八郎に押し並べて、むずとつ

---

「お前は女の身なのだから、早くどこへなりとでも落ちのびて行け。自分はここで討ち死にを覚悟している。もし、敵の手にかかるようなことになるのならば、首を取られる前に自害をするつもりだ。だからこそ、後世の人々に笑い者にならないよう、お前は逃げろ。木曽義仲が最期の戦に、女を一緒に連れていたらしい、なんと軟弱な男なのだと言われたならば、心外もはなはだしい」

と、おっしゃった。それでもまだ巴は義仲のそばにいようとした。

再度、木曽殿が同じことを強く巴に言われると、巴は、

「わかりました。ならば、よい敵が現れたのならば、あなたに私の最後の戦いをお見せして、あなたの言葉通り逃げのびましょう」

と言い、敵が来るのを待ちかまえていると、武蔵の国で怪力で有名な御田八郎師重が三十騎の軍勢でやってきた。巴はその敵方の軍勢の中に馬で駆け込み、御田八郎に馬をぴったりと押

て引き落とし、わが乗つたる鞍の前輪に押しつけて、ちつとも働かさず、首ねぢ切つて捨ててんげり。その後、物具脱ぎ捨て、東国の方へ落ちぞ行く。手塚太郎討ち死にす。手塚別当落ちにけり。

今井四郎・木曽殿、主従二騎になつてのたまひけるは、「日ごろはなにともおぼえぬ鎧が、今日は重うなつたるぞや。」今井四郎申しけるは、「御身もいまだ疲れさせ給はず。御馬も弱り候はず。なにによつてか一両の御着背長を重うはおぼしめし候ふべき。それは御方に御勢が候はねば、臆病でこそさはおぼしめし候へ。兼平一人候ふとも、余の武者千騎と

し並べて、首の後ろをつかんで馬から八郎を引きずり落とし、自分が乗っている馬の鞍の前輪に首を押さえつけて、相手に少しも抵抗などさせないうちに、八郎の首をねじ切って捨ててしまった。その後、巴は義仲の言葉通り、鎧を脱ぎ捨てて東国の方へと逃げていった。その戦いの中で、木曽殿の軍勢は手塚太郎が討ち死にをし、手塚別当は逃げのびた。

そうこうしているうちに、木曽殿の軍勢は、今井四郎兼平と木曽殿の、主従二騎になってしまった。二人きりになって木曽殿はこう言った。

「いつもは重いとも何とも思わない鎧が、今日は何だか重苦しく感じてしまう。どうしてだろうな」

それを聞いて、今井四郎は、

「それは単なる勘違いでしょう。義仲さまの身体は、まだ疲れてなどいません。あなたの馬も弱ってなどおりません。どうしてたった一両の鎧一式を重いと思うはずがありません。そのように感じられるのは、味方に軍勢がいないからでしょう。それ

おぼしめせ。矢七つ八つ候へば、しばらく防き矢仕らん。あれに見え候ふ、粟津の松原と申す。あの松の中で御自害候へ。」とて、打つて行くほどに、また新手の武者五十騎ばかり出できたり。「君はあの松原へ入らせ給へ。兼平はこの敵防き候はん。」と申しければ、木曽殿のたまひけるは、「義仲都にていかにもなるべかりつるが、これまで逃れくるは、汝と一所で死なんと思ふためなり。ところどころで討たれんよりも、ひとところでこそ討ち死にをもせめ。」とて、馬の鼻を並べて駆けんとし給へば、今井四郎馬より飛び降り、主の馬の口に取りついて申しけ

---

がご気分を落ち込ませているのでしょう。付き従っているのは、この兼平一人ですが、千騎に当たる働きをすると、お思いになってください。まだ矢が七、八本残っていますから、しばらくは敵を防いで時間を稼げます。あそこに見えるのは、粟津の松原です。あの松林の中で、ご自害なさってください」

兼平は馬に鞭打ち、木曽殿の前に進み出た。すると、新手の敵が五十騎ばかり向かってきた。

「さぁ、早くあの松林の中へお入りください。ここは兼平が防ぎます」

そう申し上げた兼平に、木曽殿はこう答えた。

「私は京の都で討ち死にすることもできた。それが、ここまで戦って落ちのびたのは、お前と戦って同じ場所で死にたいと思ったからだ。ここまで来て、別々の場所で死ぬくらいなら、お前と一緒に戦って、ここで死にたい」

そう言って、臣下であるはずの兼平と馬の鼻を並べて立ち、敵に向かって駆け込もうとなさった。その時、今井四郎はあわ

るは、「弓矢とりは、年ごろ、日ごろいかなる高名候へども、最後の時不覚しつれば、ながき疵にて候ふなり。御身は疲れさせ給ひて候ふ。続く勢は候はず。敵に押しへだてられ、いふかひなき人の郎等に組み落とされさせ給ひて、討たれさせ給ひなば、『さばかり日本国に聞こえさせ給ひつる木曽殿をば、それがしが郎等の討ちたてまつたる』なんど申さんことこそ口惜しう候へ。ただあの松原へ入らせ給へ。」と申しければ、木曽、「さらば。」とて、粟津の松原へぞ駆け給ふ。

（中略）

てて馬から飛び降り、義仲の馬の口に取りついて、

「武士たるもの、常日ごろどんなに華々しい武勲があろうとも、最期の時に想像もつかない失敗をしてしまうと、後世、永久に残る傷となってしまいます。義仲さまにそんな不名誉なことをさせられません。あなたは疲れ切っています。もう援軍もございません。こんな状態で敵に押し切られ、どこの誰ともわからない雑兵にあなたが討たれでもしたら、『あれほど日本国中に名声を馳せた木曽殿が、誰それの家来にお討たれなさった』などと言われることが、私には残念でならないのです。お願いです。あの松原に入ってください」

そう申し上げた。木曽殿は、

「お前がそこまで言うのならば」

と答え、方向を変え、粟津の松原へ馬を向かわせた。

（中略）

木曽殿は、今井四郎はいったいどうしただろうと振り仰いだ

今井が行方のおぼつかなさに、振り仰ぎ給へる内甲を、三浦石田次郎為久、追つかかつて、よつ引いてひやうふつと射る。痛手なれば、真甲を馬の頭に当てて、うつぶし給へるところに、石田が郎等二人落ち合うて、つひに木曽殿の首をば取つてんげり。太刀の先に貫き、高く差し上げ、大音声をあげて、「この日ごろ日本国に聞こえさせ給ひつる木曽殿をば、三浦石田次郎為久が討ちたてまつたるぞや。」と名のりければ、今井四郎いくさしけるが、これを聞き、「今はたれを庇はんとてか、いくさをもすべき。これを見給へ、東国の殿ばら、日本一の剛の者の自害

瞬間、かぶとの内側の首の部分を、三浦の石田次郎為久が追いつき、弓を引き絞ってひゅっと射抜いた。その傷が致命傷となり、木曽殿は馬の首にかぶとを押し当てるようにうち伏したところに、石田の部下が二人来合わせて、木曽殿の首を討ち取ったのだった。その首を太刀の先に貫いて、高く差し上げながら大声を上げた。

「常々、日本国中に名声高くいらした木曽殿を、三浦の石田次郎為久が討ち取り申し上げた」

そう名乗りを上げた声が、敵と戦っていた今井四郎のもとに届き、

「主君を討たれた今は、誰をかばって戦いをする必要があろうか。見るがいい。関東の武者たちよ。これが日本一の剛の者と呼ばれた人間が、自害する手本だ」

兼平は刀の先を口に含み、馬からさかさまに落ち、その太刀に突き通されて、死んでしまった。

このような戦いだったので、粟津の合戦という名がつくよう

する手本。」とて、太刀の先を口に含み、馬より逆さまに飛び落ち、貫かつてぞ失せにける。

　さてこそ粟津のいくさはなかりけれ。

---

な大きな戦いではなかったのである。

背景知識

## 静御前と巴御前

源平合戦の中で登場する女性というと、木曽義仲の愛妾巴御前ともう一人、源義経の愛妾であった静御前（しずかごぜん）が有名です。戦場までともについていった巴御前とは対照的に、静御前は男装をして舞台で舞うことを生業にした、白拍子（しらびょうし）でした。「義経記」には、九十九人の白拍子が雨乞いの舞をしても降らなかった雨が、百人目の静御前が舞い踊った後に降り、それを後白河法皇がほめたたえ、源義経の目にも止まるようになったとあります。義経が、兄・頼朝との確執により京の都を離れるとき、静御前とも別れることに。その後、静御前は頼朝に捕えられ、鎌倉へ向かうことになります。義経の行方について取り調べを受けても、「知らない」としか答えることができない静御前は、頼朝の前で舞うことを強要されます。そこで彼女は頼朝の怒りを買うことも覚悟で、義経を思う歌を詠みながら舞うのです。巴御前と静御前。ともに戦いで敗れ去っていった武将を愛し、愛された女性たちですが、立場は違っても愛した人を一途（いちず）に想い、命をかけて自身の愛を貫き通した姿は、いつの時代も変わらぬ理想のヒロイン像であり、当時の人々が「こうありたい」と望んだ、女性の生き方なのでしょう。

# 五

# 竹取物語

成立年代、作者ともに未詳。九世紀末から十世紀初めころに成立とされている。作者は学識豊かで和歌にも長けた男性と推測されている。現存する我が国最古の作り物語。『源氏物語』の中に、「物語のいできはじめの祖（おや）」と評された。竹取の翁（おきな）によって竹の中から見つけられたかぐや姫の出生から、五人の貴公子による求婚、帝の求婚、かぐや姫の昇天までを、素朴で簡潔な文体で語っている。後続する作品への影響も大きい。

# 竹取物語・なよ竹のかぐや姫

作者不詳

問　人々がかぐや姫の存在を不思議と思わなかったのはなぜ？

答　魔法にかけられていたから。

「今は昔、竹取の翁といふものありけり」

日本初の物語であることから「物語の出で来はじめの祖」と呼ばれている『竹取物語』。この有名すぎる冒頭は、小学校や中学校の授業で暗唱させられた人も多いのではないでしょうか。古典の授業で出会うよりも前に、おとぎ話や絵本などでもおなじみの物語なので、違和感なく、すんなり受け入れてしまいますが、よくよく読むとこの冒頭の部分、不思議なことが山のように描かれています。

まず「三寸ばかりなる人」という描写ですが、一寸＝三センチと計算すると、かぐや姫の身長は九センチです。それなのに、「人」と書いてあるので、少なくとも赤ちゃんではなく大人の人の形をしていたことになりますが、九センチの大人の人は本来、存在しないはずです。生まれたばかりの赤ちゃんでも五十センチはあるのに、小さすぎます。しかも、かぐや姫はたった三か月で当時の成人女性の背丈に成長します。このへんは、成長の早い竹のイメージと重なるエピソードですね。

さらにこのかぐや姫、光ります。夜でも明かりを灯す必要がなかったほどに光り輝いていたかぐや姫。とてもきれいでかわいらしい姿に、いろいろと不思議なことなど「どうでもいいか」と周囲の人々は思ったようです。

翁もかぐや姫の姿を見ているだけで慰められ、身体の不調までもが治っていきます。そうして翁も嫗（おうな）も周囲の人々も、多少の違和感は気にせずにかぐや姫の存在をすんなりと受け入れてしまうのです。

怨霊や妖怪、鬼や魔物が現実の世界の生き物として存在し、信じられていた平安時代では、何よりも魔物たちがうごめく闇夜が人々の恐怖の対象でした。その闇夜を照らす光がかぐや姫からあふれていたのです。比喩的な意味合いではなく、実際にかぐや姫から発せられる光はまわりを隅々まで照らし出し、人々の心をも慰めていきます。

神話に登場する、天照大神（あまてらすおおみかみ）が太陽の化身であったように、かぐや姫も光の化身でした。当時の人々がかぐや姫の物語を強烈な畏怖と憧れをもって読んだことは、想像に難く（かた）ありません。

かぐや姫は誰からも無条件に愛されました。愛すべき存在ゆえに、翁としては「こんなに慰められるのだから、少しの不思議くらいどうでもいいか」となり、周囲も何一つかぐや姫の存在に疑念を抱きませんでした。まるで魔法にかけられたように……。

そして、体内からあふれ出る光もそうなのですが、このかぐや姫。魔法のような不思議な力を持っている描写が他にもたくさんあるのです。

たとえば、五人の貴公子の求愛を断るために、無理難題を押し付けたあの有名なエピソードの後の話。なんと、時の帝からも熱烈な求愛をされています。平安時代、帝からの求婚は断ることなど考えられない、絶対的な申し出でした。

しかし、かぐや姫はそれをすげなく断ります。自分の申し出を断られた経験がない帝は、それで興味が薄れるどころか、逆にかぐや姫を意地になって手に入れようとするのです。

全く自分になびかないかぐや姫に、帝は直接「会いに行く」という強硬手段をとります。平安時代、男女が直接「会う」ことは、「肉体関係を結ぶ」という意味。合意のないそれなので、本来は強姦めいたシーンです。あわや襲われそうになった瞬間、かぐや姫は帝の腕の中から、影のように一瞬で消えてしまうのです。そして、帝が無礼を彼女に謝ると、

問

今度はどこからかすっと現れます。

**当時、神聖で特別とされた数字は何？**

答

**三。**

さらにこの竹取物語、ある数字が繰り返し使われています。それは、「三」です。「三寸」だったかぐや姫は「三か月」で大人になり、成人式に「三室戸斎部（みむろどいんべ）の秋田」にかぐや姫と名付けてもらって、「三日間」お祝いの宴が開かれる。しかもこの部分は全て冒頭に書かれています。ここまで「三」続きはとても珍しいですし、明らかにねらっています。

古来、言葉には魂が宿ると信じられていました。不吉な言葉を使えば悪いことが起き、よい言葉を使えばよいことが起きる。いわゆる、言霊（ことだま）信仰です。なので、ここまで「三」という言葉を使っていることは、何かしらの意味があるということになります。そして、数字というものは不思議で、様々ないわれや意味が込められていると信じられていました。「一」は唯一の、大事なもの、最もすぐれているもの。「二」は、対（つい）を表し、統合、重なる、という意味合いもあります。

そして、「三」はとても特別な数でした。

古来、日本では三は調和を表す数字でした。何か例を並べる時も、三つ挙げることが良いとされています。三種の神器などにも代表されるように、神秘的で高貴な意味合いもありました。偶数が対立を生みやすい数字とされているのに対し、割り切れることのない奇数は縁起のいい数字とされています。「三」が頻出する竹取物語では、かぐや姫が特別で、縁起がよく、調和を示す存在であることが暗に示されています。

そして、読み方です。「三」という数字は、「みっつ」と読むことができ、これは「満つ」「充つ」という言葉に通じています。かぐや姫は人の心を幸福な光で満たす存在であることが、文の中に巧みに暗示されているのです。

平安時代、不可思議な現象や、道理の通らないことは全て、神の力か魔物が起こしたもの、という考え方が定番となっていました。それは単純な日常の謎から、政治的な為政者にとって都合の悪い出来事まで、明らかにしてはならないことは全て「魔＝不可思議な力」が働いたのだと、貴族たちは口々に語り合います。

そんな「魔物」にとらわれそうになった人々の心に、かぐや姫の放つ光は、たとえ仮の物語の中であったとしても、世の理不尽さをなぎ倒し、闇に紛れて見えなくなってしまう非業の数々を照らし出して明らかにする姿に、何よりも人々の心は引き寄せられたのでしょう。

闇夜を照らす、あふれる「光」。文面に仕掛けられたたくさんの「三」。当時の人々が信じていた、それら幸せの象徴を文面にそれこそ魔法のようにちりばめた心にくさ。「物語の親」とまで紫式部が評した作者の一流のテクニックとも読み取れます。

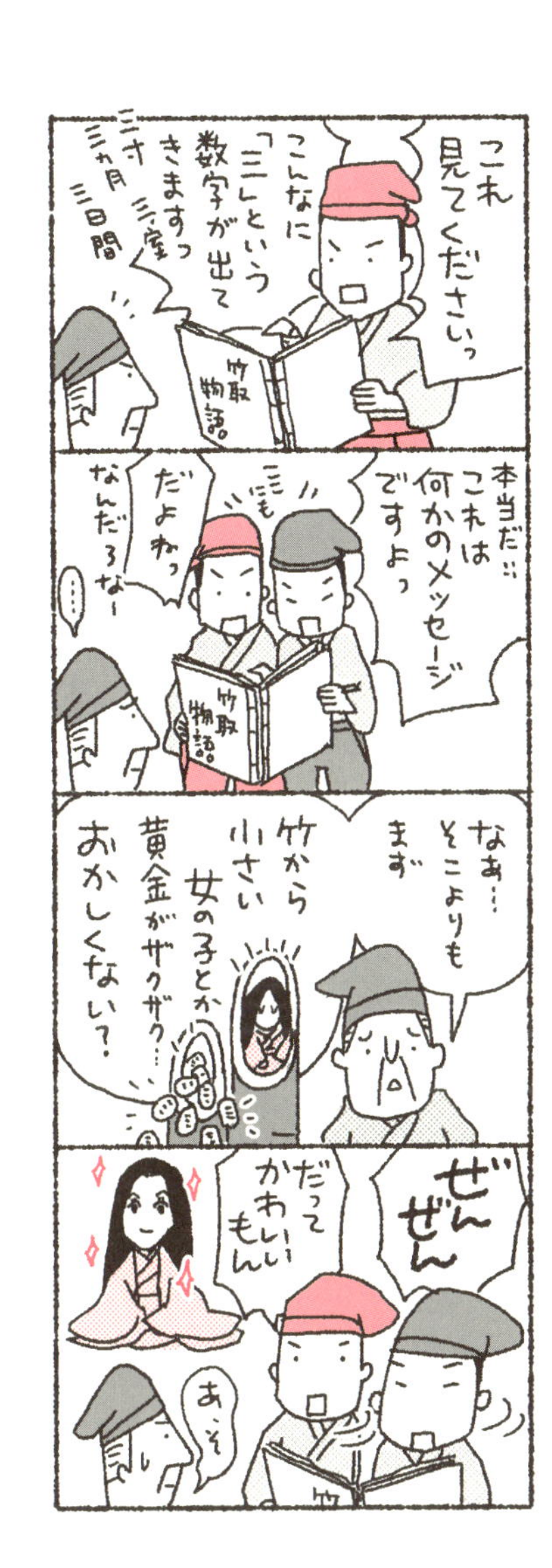

【原文】

今は昔、竹取の翁（おきな）といふものありけり。野山にまじりて竹を取りつつ、よろづのことに使ひけり。名をば、さかきの造（みやつこ）となむいひける。その竹の中に、もと光る竹なむ一筋ありける。あやしがりて、寄りて見るに、筒の中光りたり。それを見れば、三寸ばかりなる人、いとうつくしうてゐたり。翁言ふやう、「われ朝ごと夕ごとに見る竹の中におはするにて知りぬ。子となり給（たま）ふべき人なめり。」とて、手にうち入れて家へ持ちて来ぬ。妻（め）の媼（おうな）にあづけて養はす。うつくしきこと限りなし。いとをさなければ、籠（こ）に入れて養ふ。

【現代語訳】

今となってはもう昔のことだが、竹取の翁という者がいたそうだ。野山に分け入り、竹を取りながらいろいろなことに使っていた。名前を、さかきの造と言ったそうだ。その翁がいつも取っている竹の中に、根もとの光る竹が一本あった。不思議に思って近寄って見たら、筒の中が光っている。それを覗いてみると、三寸ほどの人が、たいへんかわいらしく座っていた。翁は、

「私が毎朝毎晩見る竹の中にいらっしゃったので、あなたがいることがわかった。いつも私は竹で籠（こ）を作っているのだから、この人は私の子（こ）となる人のはずだ」

と思って、手のひらの中に入れて、家に持ち帰った。妻である女に預けて、育てさせた。かわいらしいことは、限りがない。とても幼かったので、籠の中に入れて養った。

背景知識

## 平安時代の結婚事情

高貴な男女がほとんど顔を直接合わせることのなかった平安時代。では、どうやって恋愛・結婚をしていたのかというと、最初は「素敵な姫君がいるらしい」という噂を男性側が聞くところから始まります。竹取物語でいうと、かぐや姫の美しさや神秘的な噂に惹かれて集まってきた五人の貴公子がまさにこれです。その時に贈る歌が下手だと、なびいてもらえません。なので、男性はみんな必死に和歌を習ったのです。運よく返事をもらえたなら、そこから文通が始まります。そして、「会ってみたい」と誘いをかけ、周囲の同意も得られたのならば、「三日間」連続で、その女性のもとへ男性は通います。夜に訪れ、朝に帰る、という行動を二日続けた後、三日目は帰らずにそのまま女性の家で朝を迎え、「三日夜餅（みかよのもち）」を二人で食べ合います。現代の三々九度の由来です。そのあと、お昼から披露宴が大々的に行われるのです。男性は自分よりも少し身分が上の女性と結婚することを望みました。そして、自分の出世を後押ししてもらい、女性の家は女性の家で、婿（むこ）の地位を上げ、娘の生活を安定させるために、バックアップをしていくのです。

竹取物語 ● 天人の中に、持たせたる箱あり

作者不詳

問 かぐや姫はなぜ月から地球にやってきたのか？

答 罪人だったから。

「天人の中に、持たせたる箱あり。天の羽衣入れり。またあるは不死の薬入れり」

有名な、かぐや姫が月に帰ってしまうシーンです。

このシーンはとても特徴的で、当時の人々の感覚や思想が随所にちりばめられています。

一番のポイントは、「天の羽衣」と「不老不死の薬」でしょう。

天の羽衣は、日本古来の羽衣伝説にも登場している、空を飛ぶためのアイテムですが、竹取物語の中ではさらに違う能力が付け加えられています。こうやって書くと、まるでゲ

ームのアイテムみたいですね。作品が違うと、それぞれアレンジが加えられて、アップデートしているのがとても面白いです。

竹取物語に登場する天の羽衣の新しい能力は、着てしまうと記憶がきれいになくなってしまう、というもの。そして、迎えに来た天人たちがかぐや姫に飲めと勧める不老不死の薬ですが、これも天の羽衣と同じ作用を持っています。天人たちは、地上の人々との別れに悲しさをにじませているかぐや姫の気持ちが全く理解できず、「きっと地上の汚い食べ物を召し上がったせいで、気分が悪いのだろう。お薬を飲めば、そんな気分の悪さ（悲しさ）など、消えてしまいますから」と勧めます。ここから見えるのは、地上はけがれた土地、不浄の土地。それに対して、月は清浄な大地、清らかな極楽浄土であった、という仏教的な考えです。

身分が高そうな天人を待たせた状態で、かぐや姫がゆったりと用意をしていたことからも、基本的にこの姫の身分が月の世界でも高く、命令を受ける立場ではなく、その逆だったということがうかがえます。

それでは、なぜ身分の高い姫が、けがれた土地に三年もの間放置されていたのでしょうか。何かしらの事故で地球に取り残されたのならば、迎えの天人たちがもっとあわてていてもいいはずです。かぐや姫と出会えたことに喜びを見せるそぶりも感じられません。ということは、何かしらの理由で、かぐや姫はわざと地球に閉じ込められていた、と考える

ほうが自然です。竹取物語の中にも、高貴な身分のかぐや姫は月の世界で何らかの罪を犯し、その罰として三年間、地上へと送られたことが書かれています。当時、身分の高い皇族や貴族たちが何らかの罪を犯した場合、身分が高すぎて処刑などできない時に選ばれていた刑罰が、流刑（るけい）でした。京の都から遠く離れた、辺境の地や離島などに幽閉したのです。その感覚を、月と地上に当てはめて作者は書いたのでしょう。

## 問 なぜ地球（京の都）は流刑地だったのか？

## 答 けがれた土地だったから。

ではどうして作者は自分たちが今生きている地球の地上、はっきり言うと、帝が存在する京の都を、けがれた土地と設定したのでしょうか。仏教的なけがれた人間界という思想が影響していたのでしょうが、文脈から読み取れる月の世界は、地球の価値観が全く通用しない世界、ということになります。まさに異世界であり、仏の世界ではありません。物語には、作者の意図が必ず存在します。地球をけがれた土地とした意図が何であったのか。作者が未詳である理由も、ここにあります。

この竹取物語全体を通して見えるのは、当時の権力体制に対する反逆の物語です。

貴族社会、身分社会が絶対の世の中で、山に入って竹を取って生活していた庶民が、かぐや姫の出現によって、いきなり大量の黄金を手にして成り上がります。まず、こんなことは現実に起こり得ません。下剋上が実現する時代ではなく、お金があるからといって身分社会の中で成功するかどうかは、また別の問題です。それぐらい、庶民として生まれた存在が栄達するのが難しい時代でした。それはもちろん、下級貴族も同じことです。

　一介の庶民に育てられたかぐや姫が、五人もの貴公子に求婚されそれをすげなく断るのも、当時の権力と価値観に対する真っ向からのアンチテーゼととらえることができます。

　この五人の貴公子、それぞれ名前から、実在のモデルともいえる人が暗示されているのですが、その中でも注目したいのが、くらもちの皇子です。この皇子、実は当時の人々からしてみれば、ある有名人を連想させる名前でした。

　それは、藤原不比等。竹取物語が書かれた時代からはかなり前の存在ですが、それぐらい前の人でなければモデルとして使うこともできないぐらい、当時の藤原家の権力は絶大だったのでしょう。このくらもちの皇子に出された難題は、蓬莱の玉の枝を取ってくることでした。くらもちの皇子はこれを探そうともせず、最初から偽物を作り出してかぐや姫をだまそうと画策します。

　どうせ誰も見たことがないものなのだから、それらしいものを作り上げれば大丈夫だろうと、職人たちをこき使い、給料すら払わずに働かせ続けます。その結果、くらもちの皇

子の作戦は当たり、うっかりかぐや姫もだまされそうになるのですが、ここでどんでん返しが起こります。「給料を払ってください！」と、偽物の蓬莱の玉の枝を作り上げた職人たちの訴えで、くらもちの皇子の嘘がばれるのです。これも、身分が下の人間たちの正当な訴えが貴族の鼻を明かしたお話です。

五人の貴公子たちは、かぐや姫の理不尽な要求で命を落としかけたり、都から逃げ出すことになったり、散々な目にあっています。それこそ徹底的にボロボロにしているわけです。この箇所の記述量からも、ここがいちばん書きたかったところなのではないのかなと思うぐらい、失敗する様子が詳細に描かれています。きっと、書いていて楽しかったのだろうなぁ、と思うくらいに。

権力を後ろ盾に好き放題やっている貴族たちへの静かな反逆の気持ちや、藤原氏を中心とした貴族の支配がない社会を望む作者の感情が、物語の随所に表れています。当時の常識から考えたら、あり得ないことをやってのけるかぐや姫の物語を人々が受け入れ、現在まで残っているのは、それだけ権力の横暴に対する反発心に共感する人たちが大勢いた、ということです。

地球＝けがれた土地、月＝理想の土地・けがれのない土地、という対比は、もしかしたら、地球＝京の都＝藤原氏の支配下である土地。月＝京以外のどこか別の場所＝藤原氏の支配が及んでいない場所、という対比にも受け取れます。

月への帰りの際、天の羽衣をまとったことで、悲しみも喜びも、感情というものがなくなってしまったかぐや姫。もしかしたらその姿は、無力な人々の願望そのものだったのかもしれません。日々の生活で、それこそ藤原氏に苦しい思いをさせられ、嫉妬やねたみ、どうにもならない苦しさを、少しでも忘れたい、その苦しみを感じない世界に行きたい、という願いが込められていたからこそ、この物語を読み継いでいったのかもしれません。

けれど……「月に帰りたくない」と最後になげくかぐや姫。彼女にとって、流刑の地の地上は住みやすかったのでしょう。だってわがまま言いたい放題ですものね（笑）。

【原文】

天人の中に、持たせたる箱あり。天の羽衣入れり。またあるは、不死の薬入れり。一人の天人言ふ、「壺なる御薬奉れ。穢き所の物きこしめしたれば、御心地悪しからむものぞ。」とて、持て寄りたれば、いささかなめたまひて、少し、形見とて、脱ぎ置く衣に包まむとすれば、在る天人包ませず。御衣を取り出でて着せむとす。その時に、かぐや姫、

「しばし待て。」と言ふ。

「衣着せつる人は、心異になるなりといふ。もの一言、言ひ置くべきことありけり。」と言ひて、文書く。

天人、「遅し。」と心もとながりたま

【現代語訳】

天人の中の一人に持たせている箱があった。その中には天の羽衣が入っている。またもう一つの箱には、不死の薬が入っていた。一人の天人が言った。

「壺の中のお薬をお飲みください。けがれた地上のものを召し上がったので、きっとご気分がすぐれないのでしょう」

と言って薬壺を持ってきたので、かぐや姫はほんの少しおなめになって、その薬を形見として、少量を脱いだ着物に包もうとしたが、まわりに控えている天人たちが包ませず、羽衣を取り出してかぐや姫に着せようとした。その時にかぐや姫は、

「もうちょっと待って」

と言った。

「羽衣を着てしまったら、心がそれまでとは変わってしまうのでしょう？　一言、書き残しておきたいものがあるのです」

と言って、文を書いた。天人は、

「遅い」

ふ。かぐや姫、「もの知らぬこと、なのたまひそ。」とて、いみじく静かに、朝廷(おほやけ)に御文奉り給ふ。あわてぬさまなり。

「かくあまたの人を賜(たま)ひて、とどめさせたまへど、許さぬ迎へまうで来て、取り率(ゐ)てまかりぬれば、口惜(くちを)しく悲しきこと。宮仕へ仕うまつらずなりぬるも、かくわづらはしき身にてはべれば、心得ずおぼしめされつらめども。心強く承らずなりにしこと、なめげなるものにおぼしとどめられぬるなむ、心にとまりはべりぬる。」とて、

今はとて天(あま)の羽衣着るをりぞ君

---

とじれったがったが、その様子を見ながらかぐや姫は

「道理を理解しないようなことを言わないでください」

と言って、静かに朝廷（帝）にお手紙を差し上げた。ゆったりとしたご様子だった。

「このようにたくさんの人をお遣(つか)わしくださり、私を地上にお引きとどめなさりましたが、拒否することもできない迎えが参ったので、私は来た時と同じようになすがまま、連れ去られてしまいます。それが無念でひどく悲しいことに思えてきました。朝廷に出仕申し上げずにあなたさま（帝）との関係も終わってしまうことも、私はこのような面倒な事情を抱えていたからのことでした。ご納得いただけないでしょうが、かたくなにあなたさまのお誘いをお受けできなかったことを、きっとあなたさまは私のことを無礼な者だとお思いになっていることでしょうね。それだけが、実は心残りになっております」

と書いて、

をあはれと思ひ出でける

とて、壺の薬そへて、頭中将呼び寄せて、奉らす。中将に、天人取りて伝ふ。中将取りつれば、ふと天の羽衣うち着せたてまつりつれば、翁を、いとほし、かなしとおぼしつることも失せぬ。この衣着つる人は、物思ひなくなりにければ、車に乗りて、百人ばかり天人具して、昇りぬ。

(和歌)この別れの時の今となって初めて、あなたさまのことをしみじみと、懐かしく思い出した自分にひどく驚いています。

と付け加えて、壺の薬を添えて、頭中将を呼び寄せて、帝にそれを献上させた。かぐや姫から天人が壺と文を受け取り、頭中将に渡した。頭中将がそれを受け取ると同時に、いきなりさっと天人がかぐや姫に天の羽衣をお着せになってしまったので、かぐや姫の心の中にあった、翁を切なく、いとおしく思っていた気持ちが、すっかり消えうせてしまった。この羽衣を着た人は、憂い悩むことなど何一つなくなってしまったので、そのまま車に乗って、百人ほどの天人を引き連れて、天に昇ってしまったのだ。

背景知識

## 藤原家と菅原道真の関係と、竹取物語

日本史の中でも藤原家の摂関政治による権力構造は有名ですが、最初から盤石だったわけではありません。大化の改新から始まり、中臣鎌足(なかとみのかまたり)が天智(てんじ)天皇から「藤原」という新しい姓をもらったことから、藤原家が始まりました。その他の豪族や貴族が多く存在した中で、何度も浮き沈みを経て、十五人程度で構成されていた公卿(くぎょう)(摂政・関白・大臣・大納言・中納言などの三位以上の身分についた人々のこと)に、安定して数人出すことができる家柄となりました。ところがある事件をきっかけとして、藤原氏の公卿数が一気に過半数を超えるようになっていきます。その事件とは、菅原道真(すがわらのみちざね)の太宰府左遷でした。朝廷の中で存在感を増していた道真が邪魔だったのでしょう。天皇への反逆の意があるという噂を流し、それを時の醍醐(だいご)天皇は、信じてしまうのです。もちろん、これを画策したのは藤原家です。この道真左遷が九〇一年。竹取物語の成立は、九一〇年前後とされています。邪魔者を左遷したことで、躍進した藤原家。ここから、道長の世まで盤石な藤原政権が続きました。この事件が作者に影響を与えたことは、間違いなさそうです。

仏の御石の鉢
蓬莱の玉の枝
火鼠の皮衣
龍の頭の五色の珠
燕の子安貝
ーをもってきて
くれたら結婚して
あげてもよくてよ
はいっ

六

# 方丈記

建暦二（一二一二）年成立。鴨長明作。前半は、天変地異や遷都などによる悲惨な世相を描き、世の無常を臨場感あふれる文章で説く。後半は、自己の人生の回顧と日野山の方丈庵での生活を通して、遁世修行者として到達した心境を述懐している。典型的な隠者文学。文体は洗練された和漢混淆文で、比喩と対句を駆使した序文が特に有名。根底には無常観が主題として流れている。『枕草子』『徒然草』と並ぶ日本三大随筆の一つ。

# 方丈記・行く河の流れ

鴨長明

問 ネガティブ鴨長明の隠れた才能とは？

答 ジャーナリストとしての才能。

『枕草子』『徒然草』と並ぶ、日本三大随筆の一つ『方丈記』。
その作者鴨長明が書く冒頭文、「ゆく河の流れは絶えずして、しかももとの水にあらず」は、諸行無常の滅びの部分を強調した、当時の現実の社会に対する不安と不満。そして現実の世界での栄華や栄達に対する批判を含んだ、典型的な隠者文学と呼ばれています。
成立年代は鎌倉前期で、当時の建物や京の都の荒れ果てた様子を克明に描き出すことによって、物事に執着することは無駄なことなのだと、方丈記の内容は一貫して無常観を説

いています。

生きることははかないことで、喜びも悲しみも、いつかは川の流れに浮かぶ泡沫のように流れてなくなっていく。だから、繁栄を望むのはむなしいことだ。文章自体は流れるようにきれいなのに、どうしてそんな悲しいことを書くのだろうと、この冒頭文を読むたびに考えさせられます。鴨長明は、どうしてこんなにも後ろ向きなのでしょう。素晴らしい文才を持っていた鴨長明ですが、琵琶の演奏も得意で、芸術的な感性も持ち合わせていました。そんな才能にあふれた人が、なぜこんなにもネガティブなのか、と素直に疑問でした。

けれども、この冒頭に続く方丈記の前半部分を読むと、鴨長明がこのような考え方にたどり着いた理由の一端が見えてきます。

鴨長明は、二十三歳の時に京の都の三分の一が焼け落ちる安元の大火（一一七七年）を経験。二十六歳の時に強風によって多数の家屋が倒壊する、治承の辻風（一一八〇年）があり、さらに平清盛による強引な福原遷都によって、京の都は見る影もなく、彼の目の前でボロボロに荒廃していきます。二十七歳から二十八歳の時に飢饉が起こり、都の中だけでも四万人以上が餓死する養和の大飢饉（一一八一年）。三十一歳の時に平家が滅亡したのと同時に、民衆の生活が壊滅的な打撃を受けてしまう、元暦の大地震（一一八五年）が京の都を襲います。

生まれ育った都が、災害に襲われ続ける荒廃の時代。さらには権力が貴族から武士へと

移り変わる、怒涛の時代を彼は生き抜きました。

たった十数年の間にこれだけのことを体験すれば「ああ、変わらないものなど何一つない。全ては必ず滅ぶのだ」という考え方になったとしても、おかしくありません。

方丈記は鴨長明が五十代に入ってから書き始めた作品ですが、前半はこの災害の詳細を、彼の表現力を駆使した文章で、克明に描き出しています。

都は権力の中枢であるからこそ、栄えもするが一方で動乱期にはこれほどまでに荒れてしまうのだということを、詳細に、そして時に生々しく書き出している文章は、まるで現代のジャーナリズムにも通じるものがあります。

ジャーナリズムは、人々の記憶に残らなければ意味がありません。

実際、鴨長明がこの方丈記において、この災害を書き表そうとした経緯は、「あれほどひどい災害だったはずなのに、たった数年なのに忘れてしまう人の、なんと多いことか」ということを痛感していたからなのです。これは現代でも同じです。東日本大震災からもうすでに十年近くの年月が経とうとしていますが、鴨長明が指摘した通り、その記憶は日々うすくなってきています。

人々が語らなくなったからこそ、彼は記憶で覚えておくのではなく、記録として誰もが読める形の紙に、時に生々しいほどリアリティにあふれた文章で、災害の様子を書き表しました。特に養和の大飢饉の時には、鴨長明本人が餓死した人間の数を、一人一人数えて

いったという文が残っています。人知れず、誰にも知られずに亡くなることの、なんとむなしくはかないことか。せめて、亡くなった人の数を数えようと、彼が実際に数えた遺体の数は、四万二千三百人。数字を具体的にあげているところが、鴨長明のこだわりを感じさせます。彼自身がその足で、餓死者の遺体であふれている場所に実際立っていたことがわかる文です。

忘れてはならない記憶もあるのだと記録を書き紡(つむ)ぐ姿は、ネガティブで後ろ向きに物事をとらえているというよりは、むしろ絶望の中でもあきらめず、人が生きる意味を己の人生をかけて問い続けた、物静かな賢者の姿というほうが、ピッタリです。

問

## ネガティブ鴨長明のもうひとつの隠れた才能とは？

答

## 建築評論家としての才能。

災害の様子を書き記した後、鴨長明は方丈記の中で挫折を繰り返した自身の生い立ちを語っています。

十八歳の時、下鴨神社の最高位の神官だった父が急死。そこから彼の人生は暗転しました。頼りになるはずの親族から離縁され、同時に財産も失ってしまったのです。そんな中

で、琵琶の演奏と和歌の勉強に心血を注ぎ、やがて当代随一の歌人と認められ、新古今和歌集の編纂メンバーに抜擢。時の権力者である後鳥羽院との交流も、このころ築かれます。しかし、後鳥羽院が鴨長明にと用意した神官の地位昇進も妨害にあってしまい、望みが絶たれた彼は、五十歳の春に出家を決意。

タイトルの由来にもなった、一丈四方（五畳半）の家「方丈庵」を造りました。けれども不思議なことに、この質素な庵での生活の様子は、どこか楽しげなのです。「自分自身のためにこの庵を造ったのだから、これで私は十分だ」と、満足している姿が見えてきます。

冒頭部分で、鴨長明は京の都の建物の様子を「甍を並べ」と表現しました。その高い、低い、大きい、小さいを争うのは、他人のために家を建てているからである、と彼は評します。

自分が穏やかに過ごすために住まいは作るべきであり、無理をして妻や子ども、一族、友人や知人など、他者のために作る家は、たとえ見かけが立派でも、その後結局本人を苦しめることになるのだという主張は、心に響く人も多いのではないでしょうか。

苦心して建てた家が、結局は自分を苦しめることになる。ならば、何の恐れもない静かな家を愛そうと、執着しない生活を望みながらも、結局はこの方丈庵を愛し、執着している自分の姿を反省しながら、方丈記は終わっています。

誰かのために生きる人生は、一つの選択かもしれません。けれども、結局自分を満たすことができるのは自分でしかありません。すべての物事は心のありようによってどのようにでも変わっていきます。ですから自分が何に憩いを感じ、何を必要としているのかを見極め、世間の常識に振り回されるのではなく、自分の心を穏やかにする家を建てるべきである、と評する鴨長明。その論理は、変化しないものなどないと言い切ったはずなのに、不思議と現代でも変わらずに通じるような気がしてしまうのです。

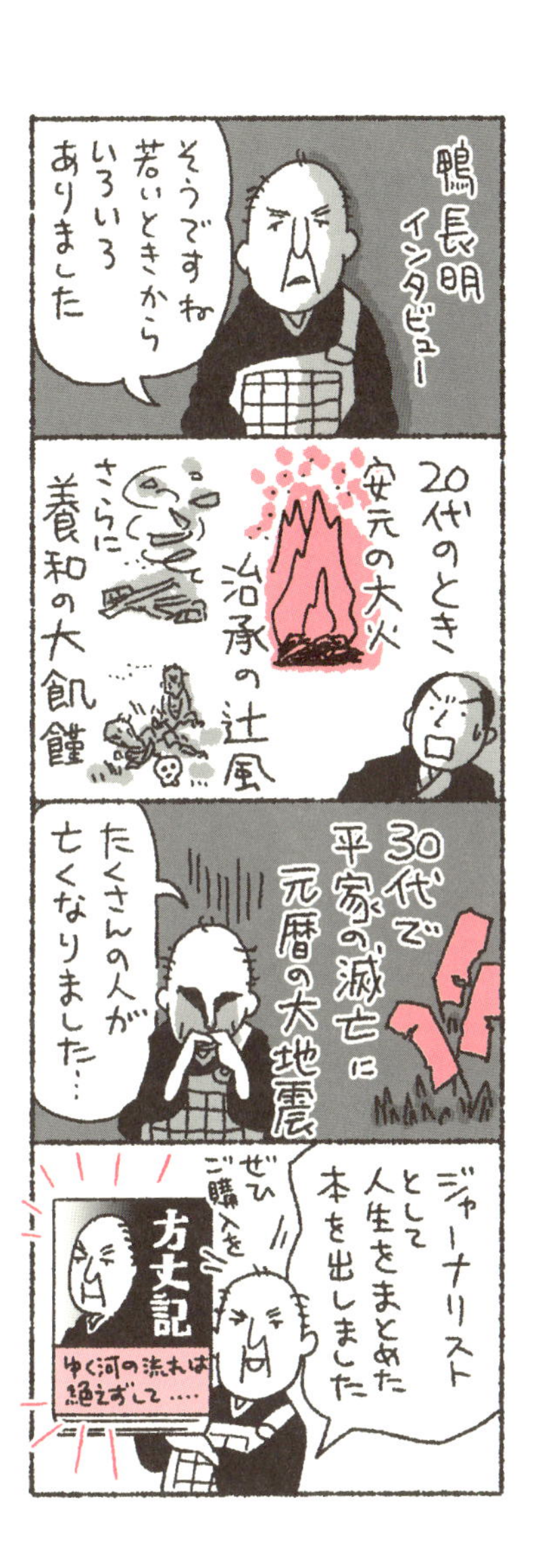

**【原文】**

行く河の流れは絶えずして、しかも、もとの水にあらず。よどみに浮かぶうたかたは、かつ消え、かつ結びて、久しくとどまりたるためしなし。世の中にある人とすみかと、またかくのごとし。

たましきの都のうちに、棟（むね）を並べ、甍（いらか）を争へる、高き、いやしき人の住まひは、世々を経て尽きせぬものなれど、これをまことかと尋ぬれば、昔ありし家はまれなり。あるいは去年（こぞ）焼けて今年作れり。あるいは大家（おほいへ）滅びて小家（こいへ）となる。住む人もこれに同じ。所も変はらず、人も多かれど、いにしへ見し人は、二、三十人が中

**【現代語訳】**

流れていく川の流れは絶えることがなく、しかも、その場に流れているのは元の場所にある水ではない。川のよどみに浮かんでいる水の泡は、消えては生まれ、生まれては消えて、長くとどまっているものなど一つもない。世の中にある人や住みかもまた、このようなものなのだろう。

宝石をちりばめたような美しい都の中に、屋根を並べ、その高さを競っている、高貴な人や卑しい身分の人々の家は、時代が変わってもなくならないものだというが、これが本当なのかと調べてみたら、昔から存在している家は、まれだった。ある場合では、去年焼けて、今年造り替えた例もあった。ある場合では、富裕だった一族が滅びてしまい、小さな家に変わってしまっていた。住んでいる人もこれと同じだ。都という場所は変わっておらず、人々も多く住んでいるのだが、昔からそこに住んでいる人は、二、三十人のうち、たった一人や二人だけだった。明け方に亡くなり、夕方に赤ん坊が生まれる世のならわしは、

に、わづかに一人二人なり。朝(あした)に死に、夕べに生まるるならひ、ただ水の泡にぞ似たりける。知らず、生まれ死ぬる人、いづかたより来たりて、いづかたへか去る。また知らず、仮の宿り、誰(た)がためにか心を悩まし、何によりてか目を喜ばしむる。その主(あるじ)とすみかと、無常を争ふさま、いはば朝顔の露に異ならず。あるいは露落ちて花残れり。残るといへども朝日に枯れぬ。あるいは花しぼみて露なほ消えず。消えずといへども夕べを待つことなし。

この川の水の泡に、とてもよく似ている。この世に生まれ落ちて死んでいく人たちは、いったいどこから来て、どこへ行ってしまうのか、私は知らない。この世の仮の住みかである家のことも、誰のために苦心して建て、何のために見た目を豪華にする必要があるのか、この理由もまた、私には知りようがない。その家に住む人とその住みかの、どちらが先に滅びるのかを競っているようなありさまは、まるで朝顔の上に輝いている、一瞬の露のようにはかないもののようだ。ある時には、露が花の上から滑り落ちてしまい、花だけが残ってしまう。残ったといっても次の日の朝には枯れてしまうものだ。またある時には、花が先にしぼんでしまい、露はまだ残っている。残ったといっても、その露もその日の夕方までもつようなことはないのである。

背景知識

## 理性の長明と感情の兼好

百年ほど生きる時代が違う、鴨長明（一一五五〜一二一六年）と兼好法師（一二八三〜一三五二年）。どちらも隠者文学であり、僧侶であるところが共通項ですが、方丈記と徒然草では、多くの点が異なっています。そもそもこの二つ、文章の量が圧倒的に違います。方丈記は、たった十八段なのに比べて、徒然草は二百四十三段。約十三倍です。そして、同じ無常観でも鴨長明は理性的であり、兼好法師はより感情的な文章です。これは、二人の性格の違いに大きく起因しているのでしょう。より大きな違いが浮き彫りになっているのは、友達に関する記述です。兼好法師が、「話のわかる友がそばにいてくれたら」と、いない存在を恋しがるのに対し、鴨長明は「たまに庵を訪れてくれる十歳の子どもを友達にした」と書いているのです。「六十歳と十歳だけど、心がお互いになごむのだから、それでいい」と。ないからこそ、そのものの価値がよくわかり、ほしいと欲する心に風情があるとした兼好法師とは違い、鴨長明は自分の周囲に自然と琵琶があれば、心はおのずから慰められる。それで満たされないのならば、どこかで何か無理をしていて、心が歪（ゆが）んでいるからだろうと言います。さて、あなたはどちらの無常観が好きですか？

七

# 土佐日記

承平(じょうへい)五(九三五)年成立と推定されている。紀貫之作。平安時代前期に記された、土佐から京までの五十五日間にわたる旅の紀行文。全体的にユーモアに満ちた明るい語り口でつづられているが、その根底にあるのは土佐で亡くした娘に対する深い悲しみである。女性の立場に仮託して仮名文字で書かれてあり、従来の漢文体日記とは異なり、仮名文字による日記文学という新しいジャンルを創造した作品。後の日記文学の発達をうながした。

## 土佐日記・帰京

紀貫之

問 最後に日記を破ると言ったのに、なぜ残っているのか？

答 貫之がひねくれ者だったから。

「男もすなる日記といふものを、女もしてみむとてするなり。」という有名な冒頭文で始まる『土佐日記（とさにっき）』は、「とく破（や）りてむ。」と書かれて終わっています。なぜ、ここまで書いた日記を「早く破ってしまおう」と書いて終わっているのでしょうか。ここは、とても謎の多い部分でもありますし、土佐日記は全体を通して、不安定な心情で書かれたことがうかがえる作品ともいえます。

この日記を書いたのは、紀貫之（きのつらゆき）。三十六歌仙の一人であり、『古今和歌集』の選者の一

人でもありました。けれど、身分は高いのかというと、そうではありません。官位は従五位上（じゅごいのじょう）。ぎりぎり貴族であることが許された、下級貴族です。

和歌では高い評価を受けながらも、公の身分は貴族としては低い。さらに国司（こくし）として訪れたのは、京から遠く離れた土佐（現在の高知県）であり、当時の土佐はとても危険な任地として有名な場所でした。野生の獣がまだ多く生息していた平安時代、旅は基本的に危険なものでしたが、海を渡るということは地上を旅する以上に危険なことだったのです。死と隣り合わせの感覚の旅を乗り越え、貫之は土佐から京に戻ってきた後に、仕事として書いていた漢文調の記録を参考にして、この最古の日記文学である土佐日記を書き上げたと言われています。「日記」と名前がついているので、毎日書き続けたものと思われがちですが、実際は京に帰ってきてから一気に書いたものであり、内容も虚構性が多い創作物としての色合いが強い内容です。筆者自身が女性のふりをして書いていることからも、おそらく、最初から現実に起こったことではなく、作者紀貫之が虚構の世界の物語を書いてみようとしたことがうかがえます。

紀貫之の心情は、複雑なものでした。

土佐の任地は悪いことだけではなく、旅の途中で出会った人々とのやり取りを面白おかしく、時に遊び心がふんだんに使われている比喩を用いて表したかと思えば、あれほど帰りたいと願っていた京に近づくにつれ、感じるのは強烈な人間不信でした。

危険な任地の道程を乗り越え、京に帰ってきた紀貫之には出世が約束されています。実際、従五位下から上に身分が上がっていますし、朝廷からボーナスも出ます。なので、京に近づくにつれて、出迎えの人々が貫之を多く訪ねてくるようになるのです。

彼らは貫之を慕っているわけではありません。その後ろに見える富と権力が目当てであり、そのおこぼれをもらおうと画策しているのです。それがすけて見える分、貫之は複雑でした。しかし、表立って争うようなことを好む性格でもなかったので、それらの人々に何か言うこともできず、かといって追い返すこともできず……。

この時に貫之は痛感するわけです。彼らは、私を好んでいてくれるのではない。ただ、富に群がっているだけなのだ、と。そんな感情のままの目線で日記を書いたら、どうなるでしょうか。きっと、誰かを責める気持ちを止められなくなるだろう、文句の一つも書きたくなる気持ちを抑えられなくなるかもしれない、罵詈雑言（ばりぞうごん）を書いてしまうだろう……。そう彼が思ったかどうかは定かではありませんが、貫之は歌人です。花を愛し、また人を愛した和歌がとても多く、その修辞法は比喩を得意としていました。

だからこそ、この気持ちを「比喩」で書いてみようかと、思いついたのかもしれません。自分を誰か違う人物にたとえ、外から自分を眺めさせることでこのやりきれない気持ちもどうにかなるかもしれない、と思ったからこそ、女性として日記を書いたのでしょう。

自分の気持ちを和歌で表し、その気持ちが他者に伝わった時の達成感を貫之は知ってい

ました。だからこそ、このやりきれない、つらい気持ちをどうにか文に起こし、表すことができたのならば、少しは和らぐだろうかと、記録をするだけの日記ではなく、貫之は虚構を織り交ぜながら人の気持ちに訴えかける文学を書き起こそうとした、ととらえることができます。

けれど、そうやって失意の日々を過ごしていた貫之の目に映ったのは、庭にある朽ちた松とその松を拠り所とした新しい松の瑞々しい姿でした。

## 問 土佐日記の目的のひとつは？

## 答 娘の鎮魂。

生まれしも帰らぬものをわが宿に小松のあるを見るが悲しさ

この和歌の中にも比喩が使われています。

自然の理（ことわり）通りならば、古いものが朽ち果て、新しいものが生き残るはずです。けれども、貫之の場合は違いました。土佐の任地で彼は娘を亡くしているのです。

あの朽ちた松のように、本来死ななければならなかったのは、老いた自分のはず。けれど、現実は残酷で、生き残ったのは親である自分であり、亡くなってしまったのは新しい

命であるはずの娘。それを、松の木を見た瞬間に思い出してしまい、筆が止まってしまうのです。「え尽くさず（書き尽くすことなどできない）」この気持ちは、文に書けない。歌にも表しきれない。

歌人である貫之が、気持ちを言葉にして表すことを得意とする彼が、「書き表せない」と書いたのです。

どれほどの苦しみと悲しみだったのか。人など信用できないと絶望しながら、娘には千年でも生き続けてほしかったと悲しみを訴える親心。書けば、少しは悲しみが癒されるかもしれない。歌に表せば、この胸を締め付ける気持ちが少しは和らぐだろうかと書き始めた土佐日記。

土佐日記の冒頭は、不自然なほどにユーモアに満ちていて、無邪気な言葉遊びもふんだんに取り入れられています。けれどもそれは、悲しみを癒したいがゆえの、あえての明るさだったのかもしれません。

そうして、書き続けた最後に「書き表せない」と、ある意味では書き手として敗北を貫之は宣言します。書き表せない。どんなに言葉を尽くしても、この気持ちは表せるわけがない。こんな文章に書き表しても、何も効果はなかった。だから、破ろう。捨ててしまおう、と続くのですが、土佐日記は現存しています。それは、貫之が結局はこの日記を破かなかったことを指し示しています。

歌人として、かな文学を愛する者として、どうしても自分の文章を捨てることが、彼にはできなかったのです。人間不信になりながらもこの悲しい思いを誰かにわかってほしい。そんな自分のひねくれた部分に気付いたからこそ、「破ってしまおう」と彼は書いたのかもしれません。

【原文】

京に入り立ちてうれし。家に至りて、門（かど）に入るに、月明（あ）かければ、いとよくありさま見ゆ。聞きしよりもまして、言ふかひなくぞこぼれ破れたる。家に預けたりつる人の心も、荒れたるなりけり。中垣こそあれ、一つ家のやうなれば、望みて預かれるなり。さるは、便りごとに物も絶えず得させたり。今宵（こよひ）、「かかること。」と、声高（こわだか）にものも言はせず。いとはつらく見ゆれど、志はせむとす。

さて、池めいてくぼまり、水漬ける所あり。ほとりに松もありき。五年（いつとせ）六年（むとせ）のうちに、千年（ちとせ）や過ぎにけむ、かたへはなくなりにけり。今生（お）ひたるぞ交じれる。大方のみな荒れにたれば、「あはれ。」とぞ人々言ふ。思

【現代語訳】

京の街の中へ帰ってきたので、うれしい。自分の家に帰ってきて、門を入ると、月の光がとても明るかったので、周囲の様子がはっきりと見ることができた。人づてに聞いていた状態よりもひどく、言葉で言い表せないほどに家の中が壊れている。家を預けた隣人の心も、この光景と同じように荒れ果ててしまったようだった。隣の家とは中垣で仕切ってはいるが、もともとは一つの家のような造りだったので、隣人の方から（家を）預けてほしいと願い出ていたはずだ。先方から進んで預かってくれていたが、それでもやはりついでがあるたびに贈り物も絶えずしていたはずなのだが。今夜は、

「こんなにひどい状態になるとは」

などと従者たちに文句を言わせないようにした。ひどく薄情なことに思われたけれど、隣人にお礼だけはきちんとしておこうと思う。

さて、家の庭の中には池のようにくぼんで、水が溜まっているところがある。そのそばに、松の木もあった。五年か六年のうちに、千年が過ぎてしまったのであろうか。松は半分ほど枯れて朽ちてしまっていた。その中に、新たに生まれ出た新しいものも混じっている。ほとんど全てが荒れ果てているので、

「なんとひどいことだ」

と人々は口々に話していた。恋しく思うことの中でもひととき

ひ出でぬことなく、思ひ恋しきがうちに、この家にて生まれし女子（をむなご）の、もろともに帰らねば、いかがは悲しき。船人（ふなびと）もみな、子たかりてののしる。かかるうちに、なほ悲しきに耐へずして、ひそかに心知れる人と言へりける歌、

生（む）まれしも帰らぬものをわが宿
　に小松のあるを見るが悲しさ

とぞ言へる。なほ飽かずやあらむ、また、かくなむ。

見し人の松の千年に見ましかば
　遠く悲しき別れせましや

忘れ難（がた）く、口惜（くちを）しきこと多かれど、え尽くさず。とまれかうまれ、とく破（や）りてむ。

---

わ思い出してしまうのは、この家で生まれた女の子（娘）が一緒に帰ってこなかったことだった。それがどれほどの悲しみか。同じ船で帰ってきた人々も皆、子どもたちが集まって騒いでいる。こうした騒がしい中で、いっそう子どもを亡くしてしまった悲しさが耐え切れなくなってきて、心が通じている人と交わした歌は、こんなものだった。

（和歌）この家で生まれた子は土佐で亡くなってしまって帰ってこないというのに、帰ってきた私の家で、土佐に行く前は生えていなかった新しい松の木を見るのが、こんなにも悲しいことになるとは。

と詠んだ。それでも気持ちが収まらなかったのか。また、このように詠んだ。

（和歌）亡くなってしまった我が子が、松のように千年も生きることができる存在だったのならば、遠い土佐の土地で永遠の悲しい別れをすることになっただろうか。

どうやっても忘れられなくて、心残りなことは多くあったけれど、この気持ちを書き尽くすことは到底できない。何はともあれ、こんな日記は早く破ってしまおう。

背景知識

## 貫之がひねくれたのはなぜ？

歌人として一流の評価を得てきた紀貫之。その技法は徹底した比喩法にありました。何を表すのにもストレートを好まず、何かにたとえて表す和歌の表現技法は、回りくどい表現方法でもありました。貫之の表現の仕方は、彼独特の感性に裏づけされていたものだったのです。土佐日記にもあるように自分の身分や地位、財産が変化するにつれて、周囲の人々の態度が露骨に変わることを、彼は何度も経験しました。さらに昇進したらしたで、気を遣うことが多くなっていきます。和歌に対する周囲の信頼は絶大だったということですから、貫之のもとへ和歌を習いに行った上級貴族も多く、けれども自身は下級貴族ですから、本音を言いたくても、そんなことを口にしたら自分の身分が危うくなります。本気で腹立たしい時も、ぐっと抑えてしまう建前重視。そうとう抑圧されていたのでしょう。実際の人間関係では感情を伝えることを控えていたけれども、文章では自由に思ったことを発言していた紀貫之。自分自身ではなく、日記の書き手を女性にしたのも、しがらみを忘れて自由に文章を書きたかった願望が、そうさせたのかもしれません。

## 八

# 伊勢物語

延喜五（九〇五）年以前に原形が書かれ、その後補強されて十世紀後半に現在の形になったとされている。作者は未詳。在原業平と関係の深い人だとされている。六歌仙の一人である在原業平の和歌を中心に、「ある男」と呼ばれた主人公の「初冠」から「臨終」までの一生を描く、和歌と散文を融合させた最初の歌物語。「ある男」のモデルは在原業平とされているが、虚構的な部分も多い。新しい物語文学の形を築いた作品で、王朝貴族の理想的な恋模様がつづられている。

# 伊勢物語・芥川

作者不詳

問　振り向いてくれない女性を、奔放な平安貴族はどうした？

答　**誘拐した。**

その後の恋愛物語の男性主人公像に大きな影響を与えたと言われている、『伊勢物語』の「ある男」。この伊勢物語は、「昔、男ありけり」という文章で始まる物語で、それぞれが独立した話のように思われますが、この「ある男」とは、実在した人物をモデルにしていると言われています。それは、三十六歌仙の一人である在原業平（ありわらのなりひら）。一説には、『源氏物語』の主人公、光源氏のモデルともいわれた人です。

ちはやぶる神代（かみよ）もきかず竜田川（たつたがわ）からくれなゐに水くくるとは

在原業平の名を知らなくとも、百人一首に入っているこの和歌を知っている人は多いのではないでしょうか。

その人生はというと、皇族の生まれではありましたが、臣下に降りた貴族でした。政治的な事件が起こってしまい、自分の立場では天皇になれないことを彼は察知し、自分から臣下に降りて在原朝臣（ありわらのあそん）と名乗るようなります。ここは本当に源氏物語の光源氏と似ています。似ているというよりも、当時としては皇族が臣下に降りることは珍しいことではなかったのでしょう。

しかし、その後、在原業平は奔放ともいえるほどに恋多き男性となりました。恋の相手は、時の天皇の妻になる予定の女性だったり、皇族の血を引き処女であることが絶対条件とされる姫君しかなれない伊勢神宮の斎宮（さいぐう）だったり。要するに、本来は好きになってはいけない女性との禁断の恋を繰り返していくわけです。

伊勢物語というタイトルも、この伊勢神宮の斎宮との恋模様からついたという説もあるほど。当時どれほどスキャンダルであったかは、名前を明かさずに「ある男」と、あえて主人公の名前をぼかしたことからも、想像ができるというものです。

禁断の相手との禁忌の恋。光源氏のモデルと言われても、納得と思ってしまうのはきっと私だけではないはずです。

この伊勢物語の話の全てに、在原業平が関係しているわけではありませんが、彼の逸話

を中心として構成されたことは間違いないとされています。

和歌がうまく、風流を好み、優雅な容姿で、奔放な女好き。さらには、禁じられている相手との恋に、果敢に挑んでいく人間像は、その後の物語に登場する、いわゆるイケメン像に多大な影響を与えました。

今でいうのならば、会話上手で女性の話をよく聞き、容姿端麗。家柄もしっかりして上品で、仕事も有能で、けれどもいつも違う女性を連れていて、スキャンダルが常に絶えない男性、という感じでしょうか。

さて、本題のこの「芥川（あくたがわ）」。さらっと一行目にとんでもないことが書いてあります。

「女のえ得まじかりけるを、年を経てよばひわたりけるを、からうじて盗み出でて、いと暗きに来けり」

求婚し続けた女性がなびいてくれなかったので、どうにかその女性を館から盗み出した。今でいうのならば、誘拐です。女性の合意も何もあったものではありません。しかもこの盗み出したという女性、なんと次代の天皇のお后として後宮（こうきゅう）に入内（じゅだい）する予定の女性でした。天皇の后になる予定の女の子だけど、その時は結婚前の女性です。このまま待っていたら天皇と結婚してしまうから、合意が取れていないけど、館から連れ出そう！　と彼は考えました。

若気の至りとしても、ダメですよね、在原業平さん（そう言えば、光源氏も若紫を「誘拐」して

いたような？（笑）さすが光源氏のモデルですね）。

問　男が悲しまず悔しがったのは、なぜ？

答　女性は鬼に食われたわけではないから。

この芥川。やっと恋が叶ったのに、鬼に女性が食われてしまう、悲しい内容です。しかし、よくよく考えるとおかしい部分がたくさん。

まず、鬼に一口で食われてしまうのが女性だけで、一緒にいた男性は助かったことです。また、鬼がいったいどうやって蔵から姿を消したのかもわかりません。それに恋しい女性が亡くなったというのに、男は悲しんでいるのではなく、なぜか悔しがっているだけ……。

お話なのだからそんな厳密に考えなくても、と思うかもしれませんが、平安時代には不思議なことや、何かつじつまの合わないことは全て鬼や怨霊・化け物のせいにするのが、お約束となっていました。なので、この物語も都合が悪いことは全て鬼のせいにしてしまえばいいと思ったのでしょうか。

この「芥川」のエピソードはモデルとなった現実のスキャンダルがありました。物語の中だけの話ではなく、現実に在原業平は姫君を誘拐してしまうのです。

在原業平が誘拐したこの女性は、二条の后と呼ばれている、清和天皇の女御です。後世、女御として歴史的に存在していたのですから、鬼に殺されたというのは、ありえない話です。この在原業平の誘拐劇は、あっけなく一晩で計画がばれ、追手がかかり、次の日の朝には二条の后は連れ戻されていたのです。藤原家の大事な姫君ですから、そんなスキャンダルはもみ消されていました。けれど原文にもあるように、当時の人々にとっては、公然の秘密でもあったのでしょう。

おそらく、もう二度と会うことはできないだろう。けれども、愛しさは尽きず、想えば想うほどに悔しさが募ってくる。ならばいっそのこと、鬼にでも食われてしまったのだということにしよう。そうしたほうが、すっきりする。

身分社会が絶対であり、高貴な血を受けていたとしても有力な後ろ盾がなければ出世することができなかった平安時代。この在原業平のように、ままならない世情の中で苦しみ、身分差のために成就しなかった恋の苦しみを抱えた人が、とてもたくさんいたことはうかがえます。

白玉か何ぞと人の問ひしとき露と答へて消えなましものを

伊勢物語は歌物語。必ずお話の中に歌が入っています。この和歌の訳は意外に簡単。言いたいことは、たった一つの感情だけです。

こんな恋の苦しみを味わうのならば、いっそのこと露のように消えてしまいたい。

平安時代であろうと、現代であろうと。どれほど才能と容姿に恵まれていても、失恋のつらさは変わらないみたいです。

【原文】

昔、男ありけり。女のえ得まじかりけるを、年を経てよばひわたりけるを、からうじて盗み出でて、いと暗きに来けり。芥川(あくたがわ)といふ川を率(ゐ)て行きければ、草の上に置きたりける露を、「かれは何ぞ。」となむ男に問ひける。行く先多く、夜も更けにければ、鬼ある所とも知らで、神さへいといみじう鳴り、雨もいたう降りければ、あばらなる蔵に、女をば奥に押し入れて、男、弓・胡簶(やなぐひ)を負ひて戸口に居(を)り。はや夜も明けなむと思ひつつ居(ゐ)たりけるに、鬼はや一口に食ひてけり。「あなや。」と言ひけれど、神鳴る騒ぎにえ聞かざりけり。やうやう夜も明けゆくに、見れば、

【現代語訳】

昔、ある男がいた。なかなか自分のものにできそうにもなかった高貴な身分の女性を、長年にわたって求婚し続けていたが、ようやく女性を館から盗み出して、たいそう暗い夜に連れ出した。芥川という川のほとりまで連れて行ったら、その女性は草の上にあった露を見て、

「あれは何なのですか?」

と男に問いかけた。これから進んでいく道のりが遠く、夜も更けてきたので、鬼がすんでいる場所だとも知らないで、神鳴り（雷）までもがとてもひどく鳴り響き、雨も降ってきたので、荒れ果てた蔵の中に女を奥の方まで押し込めて、男は、弓を持ち、胡簶(ころく)を背負って、蔵の戸口で番をしていた。早く夜が明けてほしいと思いながら戸口に座っていたところ、鬼は早くも一口で女を食ってしまった。

「あれえ」

と女は叫んだけれど、雷の鳴る音の騒がしさに、男は女の悲鳴を聞くことができなかった。次第に夜も明けてきたので、蔵の奥を見ると、連れてきた女はいない。男はじだんだを踏んで悔しがり、泣きわめいたが、どうしようもない（それで次のよ

率て来し女もなし。足ずりをして泣けどもかひなし。

白玉か何ぞと人の問ひしとき露と答へて消えなましものを

これは、二条の后の、いとこの女御の御もとに、仕うまつるやうにて居たまへりけるを、かたちのいとめでたくおはしければ、盗みて負ひて出でたりけるを、御兄人堀河の大臣、太郎国経の大納言、まだ下臈にて内裏へ参りたまふに、いみじう泣く人あるを聞きつけて、とどめて取り返したまうてけり。それを、かく鬼とは言ふなりけり。まだいと若うて、后のただにおはしけるときとや。

---

うな歌を詠んだ)。

(和歌)「あの光る珠は、真珠か何かかしら?」とあなたが尋ねた時に、「あれは露ですよ」と答えた。あの露が朝日に照らされて消えていってしまうように、自分もはかなく消えることができたらどれだけよかっただろう(そうしたら、こんなに悲しい思いもしなかったのに)。

このお話は、二条の后(藤原高子、清和天皇の女御)がいとこの女御のお傍にお仕えしていらっしゃった時に、二条の后の容姿があまりにも素晴らしかったので、男が盗んで背負って宮中から出ていったのだが、二条の后の兄上の堀河の大臣と太郎国経の大納言がまだ官位の低い役人として宮中へ参内なさる時に、ひどく泣いていた人がいたのを聞きつけて、(事の詳細を聞いて)男を引きとどめて二条の后を取り返しなさったのであった。この取り返されたことを、このように鬼がしたことと言ったのであった。二条の后がまだたいそう若い時で、普通の身分でいらっしゃった時の出来事らしい。

背景知識

## 平安時代の鬼

逢魔が時という言葉があります。夕方の薄暗くなる時間帯のことで、魔物と遭遇しやすい時刻と言われています。平安時代は鬼や魔物が本当に存在すると、信じられていました。不思議なことですが、鬼にまつわる話には、女性が絡んでいることがとても多いのです。平安時代の女性は座っていることが常でした。そこで女性が立ったり走ったりすることは異形の姿ととらえられ、特に走る女性は、「狂っている」状態か、「鬼が女に化けていた」状態とみなされていました。もしくは、「狂った女が鬼に変化した」という複合形もあります。男性の鬼も存在するのに、なぜか「男が狂って鬼になる」話は、ないのです。鬼が変化して人間をだます時も、常に化けるのは女の姿。そう考えると、女性は常に「理解し切れないもの」として存在していたのかもしれません。伊勢物語だけでなく、そのほかの文献の中にも、鬼は数限りなく登場します。もう生きているのが耐え切れないほどの悲しみや苦しみを感じた時、または悲しみと怒りから誰かを殺してしまいたいと恨んだ時、女は鬼になるのかもしれませんね。

紫式部
やばっ
なにっこれっ
禁断の恋!!
イケメンにさらわれる!!
女子大好物じゃんっ
ISE STORY

## 伊勢物語・筒井筒

作者不詳

問 平安時代の男が考える理想の女性は？

答 一途な女性。

現代でも小説や漫画などでよく題材になる幼なじみとの恋。初恋の相手と幼い時に結婚の約束をし、成長したのちに結婚。恋が成就してめでたしめでたし、が定番ですが、古典が描くのはもう少し現実的で、その先の人生が重要になってきます。

この「筒井筒（つついづつ）」では、田舎育ちの幼なじみの男女が成長し結婚した後に、夫が心変わりをして別の女性と浮気。離婚されるかもしれない危機に、さて、どうなるのかとお話は続くのですが、この展開のリアルさは、おとぎ話にはないものです。源氏物語もそうですが、

伊勢物語も一歩間違えれば恋愛の修羅場になりそうなシーンが盛りだくさんです。その現実的なリアルさは、当時の恋愛指南書にもなったでしょうし、それゆえに人気もすごかったのだろうなぁと思わずにはいられません。

最初は、幼なじみ同士が家の近くにあった筒井＝丸い井戸の周りで、背丈を比べたり、遊んだりしたほのぼのシーンがあるのに、二人が成長した後は一気に話は大人の恋愛に。紙が貴重品だったこともあって、古典は基本的に全て展開が早いです。

一夫多妻制が貴族だけでなく、田舎に住んでいる人々にまで浸透していたのですが、やはり夫が違う女性のところに通うことは、妻の機嫌を損ねることであったのでしょう。普通の女性は夫に対して表立っては何も言わないけれど、機嫌が悪くなったりギクシャクしたりします。しかし、不思議なことにこの男の妻は、全く機嫌が悪くなりません。見送る時にも、全くいつもと変わらないのです。

違う女性のところに通っているのに、妻の機嫌が全然悪くならない。あれ？　おかしいな。きっと、機嫌が悪くなるだろうと思っていたのにニコニコしている。もしかして、浮気をしているのは自分だけでなくて、妻のほうも自分がいない間に違う男を招き入れているのでは……と、夫は逆に不審に思います。それは自分が違う女性のところに通っている、後ろめたさからくる疑いでした。自分も浮気をしているのだから、相手もきっと同じだろうと疑ってしまい、それを確かめたくなってしまうのです。

光源氏の理想の女性像でも出てきましたが、平安時代の男性は自分が好き勝手に浮気をしてもいいけれど、女性の浮気は絶対に許さず、通わなくても一途に自分を待ち続ける女性が理想とされていたようです。

この話でも、夫は妻の浮気を確かめようとこっそり隠れて、夜に誰か男が通ってこないかを監視します。すると妻は、夫が今夜はもう帰ってこないとわかっていても、いつ帰ってきてもいいように身支度をきれいに整えて、夫の身を心配した和歌を詠んだのです。

風吹けば沖つ白波たつた山夜半にや君がひとり越ゆらむ

その様子と和歌に心を打たれて、夫は他の女性のところに通わなくなってお話は終わります。こんなふうに、人の気持ちを変えてしまう力が、和歌にはありました。たった一首。たった三十一文字ですが、今の物語の中でも、たった一言が人を救ったり、逆に相手の希望を粉々にしたりする力が、言葉には存在します。

伊勢物語のジャンルは、歌物語と呼ばれるもので、物語の中に多種多様の歌が入ってくるのですが、歌の訳には少々コツがいります。歌物語に出てくる歌は、直訳とは違う、その裏の本音を読み取る必要があるからです。

この段でいうのならば、「風吹けば〜」の和歌は、「こんな真っ暗な中で山登りなんて、大丈夫かな、心配だな」と言っているだけなのです。夫が違う女性のもとに行こうとしているのに、妻は「怪我とかしないかな。大丈夫かな」とあくまで夫の身を心配しているだ

けの歌を、聞く相手もいないのに独り言のようにうたいます。

そして、浮気相手の女性が詠んだ二首の和歌。

君があたり見つつを居らむ生駒山雲なかくしそ雨は降るとも

君来むと言ひし夜ごとに過ぎぬれば頼まぬものの恋ひつつぞふる

「君があたり〜」の歌は、「あなたがいる場所をずっと眺めているの」、つまり「ずっとあなたのことを想っているの」と言っているのですから、本音は「だから待たせないで早く来てね」と言っているわけです。それでも男が来なかったので詠んだ「君来むと〜」の歌は、「何度約束を破ったの？ もうあなたなんか知らないっ!!」と言った後で、「まだ好きだけど」と終わっています。ということは、本音は「こんなに何度も約束を破ったんだから、早く私の機嫌を取りに来なさいよ、こんなに待っているんだから!!」という裏の意味になります。

問

**相手の気持ちを取り戻す方法は？**

答

**けっして責めずに相手のことを思いやること。**

さて、この二人の女性の和歌、決定的な違いは何でしょうか？

それは、男性を責めているかいないか、です。

離れかけた夫や恋人の心を取り戻す和歌のやり取りは、伊勢物語の他の話でも何度も出てきます。別の段の「あづさ弓」では、今度は妻が通ってこなくなった夫に見切りをつけて、違う男性と結婚しようとするのですが、その妻の心を取り戻した夫の歌も、一切相手の非を責めていませんでした。

あづさ弓ま弓つき弓年を経てわがせしがごとうるはしみせよ

和歌の訳で大事なのは、後半です。「私にしてくれたように、新しい夫を愛し、幸せになりなさい」と、相手の心変わりを責めるのではなく、幸せを願います。古典の中の物語とはいえ、そこにあるのは普遍的な人の心のありようです。

責められると人はどうしても弁明したくなりますし、同じ強さで「お前も悪いじゃないか」と責めたくなってきます。けれども、相手を責めず、さりとて相手の心が離れてしまうことで自分を責めるわけでもなく、ただただ愛した人の幸せや無事を願う和歌が、離れかけていた人の心が戻ってくるきっかけになることがとても多いのです。

相手の気持ちを取り戻したいのならば、責めるのは逆効果だと千年も前の物語が教えてくれているのです。責めるのではなく、相手を許し、そして自分をも許して、愛しい人の幸せを願う。男女関係なく、そんな一途な強さに、人の心は動くようにできているのかもしれません。

人を許すことができるのは、器の大きい、精神的に強い人間だけです。和歌を通して伝わってきた愛情と心の強さに感じ入り、同じ相手にもう一度恋に落ちる瞬間を古典は見せてくれています。

【原文】

昔、田舎わたらひしける人の子ども、井のもとに出でて遊びけるを、大人になりにければ、男も女も、恥ぢかはしてありけれど、男はこの女をこそ得めと思ふ。女はこの男をと思ひつつ、親のあはすれども、聞かでなむありける。さて、この隣の男のもとより、かくなむ。

筒井筒井筒にかけしまろがたけ
過ぎにけらしな妹見ざるまに

女、返し、

くらべこし振り分け髪も肩過ぎ

【現代語訳】

これも昔のことだが、田舎で暮らし、生計を立てていた人の子どもたちが、井戸の周りで遊んでいた。彼らが大人になると、男も女も、お互いに相手を意識しだして恥ずかしく思うようになったが、男はこの女を妻にしようと思っていた。女もこの男を夫にしようと思っていて、親が違う相手を見つけてきても、言うことを聞かないでいた。そうしているうちに隣に住む男から、女のもとへ歌が贈られた。

（和歌）昔、筒井戸と背比べをしていた私の背は、あなたに逢わないでいるうちに、とっくに追い越してしまうほど高くなってしまいました。

女は返歌して、

（和歌）あなたと長年背比べしてきた私も、振り分け髪が肩を

ぬ君ならずしてたれか上ぐべき

など言ひ言ひて、つひに本意(ほい)のごとくあひにけり。

さて、年ごろ経(ふ)るほどに、女、親なく、頼りなくなるままに、もろともにいふかひなくてあらむやはとて、河内(かふち)の国、高安(たかやす)の郡(こほり)に、行き通ふ所出で来にけり。さりけりど、このもとの女、悪(あ)しと思へるけしきもなくて、出だしやりければ、男、異心(ことごころ)ありてかかるにやあらむと思ひ疑ひて、前栽(せんざい)の中に隠れゐて、河内へいぬる顔にて見れば、この女、いとよう化粧(けさう)じて、うちながめて、

---

越すまで伸びてしまいました。あなた以外の誰のためにこの髪を結い上げるのでしょうか。

などと歌を贈り合い、自分の恋心を告げながら、願い通り夫婦として連れ添うようになった。

さて、年月が過ぎて、女は親を亡くしてしまい、男は女の実家を経済的に頼ることができなくなってしまったので、男は河内国高安郡に住んでいる別の女ところへ通うようになってしまった。ところがこのもとの女は、男に新しい女ができても、文句も言わずに新しい女のもとへ行かせていたので、男は女の浮気を疑った。河内に出かけるふりをして前栽の中に隠れ、女の様子をうかがっていたが、女は美しく化粧をし、龍田(たつた)山をふと眺めて、

風吹けば沖つ白波たつた山夜半(よは)にや君がひとり越ゆらむ

とよみけるを聞きて、限りなくかなしと思ひて、河内へも行かずなりにけり。

まれまれかの高安に来て見れば、はじめこそ心にくくもつくりけれ、今はうちとけて、手づからいひがひ取りて、笥子(けこ)のうつは物に盛りけるを見て、心うがりて行かずなりにけり。さりければ、かの女、大和の方を見やりて、

君があたり見つつを居らむ生駒(いこま)山雲なかくしそ雨は降るとも

---

(和歌)強い風が吹いてきた。夫はこんな夜更けに龍田山を一人で越えていくのだろうか。無事だといいのだけれど。

と詠んだのを隠れていた男が聞いて、切ない気持ちが我慢できないほどに膨れ上がり、河内へは行かなくなってしまった。

ごくたまに男が河内に来てみると、新しい女は最初のころは心の行き届いた所作をしていたが、なじんできてしまうと、自分の手でしゃもじを持って、器に飯を盛りつけたりするのを見てしまい、男はつくづく情けなく嫌になって、行くのをやめてしまった。するとその新しい女が、大和のほうを眺めながら、

(和歌)あなたのいるあたりを眺めているので、雨が降った時でも私は願ってしまうのです。雲よ、生駒山を隠さないで、と。

などと詠んだ和歌をよこすので、大和に住むこの男も「行こう」と返事を出した。新しい女は喜んで待っていたが、いつま

と言ひて見出だすに、からうじて、
大和人「来む。」と言へり。よろこ
びて待つに、たびたび過ぎぬれば、

君来むと言ひし夜ごとに過ぎぬ
れば頼まぬものの恋ひつつぞふ
る

と言ひけれど、男住まずなりにけり。

でも男が来ないので、

（和歌）あなたが「行くよ」と言ってくれた夜は何度も来ない
ままに過ぎてしまいましたね。あなたの心が離れてしまったの
で、もうあなたが来ることを期待していないけれど、私は今夜
もあなたを恋しく思いながら、あなたのいない夜を過ごそうと
思います。

と歌を詠んで送ったが、男は通わなくなってしまった。

背景知識

## 平安時代の結婚あれこれ

伊勢物語を読んでいると、当時の結婚事情というものがよく理解できます。この「筒井筒」では、結婚した後、なぜ夫の心が離れたのかは、女性の性格やふるまいではなく、経済能力に原因がありました。貴族の身分社会でもそうですが、男性は結婚後、基本的に経済生活の一切を女性側に頼ります。また、男は結婚した後もしばらくは女性の家に通うことになり、しばらく間が空いてから自分の家に女性を住まわせるようになるのです。男性が複数の女性の家に通っていた場合、自分の家に呼び寄せた女性が正妻、ということになります。ならば女性はただひたすら男性を待ち続けていなければいけないのかというとそうでもなく、一度関係があったとしても、三年間音沙汰ナシならば、女性にも他の男と結婚することが許されていました。しかし、平均寿命が短く、子どもが産める年齢も限られていた女性の一生の中で、三年間も待たなくてはいけないのは、実質的に他の男と結婚することがほとんど不可能だったことを示しています。よりよい結婚相手を選ぶ権利は、常に男性側にあったわけです。

九

# 更級日記

康平三（一〇六〇）年ころ成立と考えられている。菅原孝標女作。少女期から老年に至るまでの約四十年間の人生を回想録的につづった日記文学。物語の世界に強くあこがれた少女が、現実の人生の中で夢描いた理想が崩れていく様を描き、信仰の世界に目覚めていく過程を描いている。特に『源氏物語』に強いあこがれと執着を作中で示しており、登場人物のような人間は現実にはいないのだと、物語世界へのあこがれが壊れていく様子がつづられている。

# 更級日記・「源氏」の五十余巻

菅原孝標女

問 作者を現代にたとえるとどんな人？

答 こじらせアラフォー女子。

「物語が死ぬほど大好きな少女の日記」『更級日記』はどんな印象？ と質問すると、だいたいそんな感想が返ってきます。オタクな女子の日記、という評価もありますが、当時の「物語」を現代でたとえると何になるでしょう。ゲーム、テレビ、漫画、アニメ。あるいは、勉強そっちのけで布団の中で楽しむものといえば、今ならLINEとかTwitter、Instagramなども入ります。

ほしいほしいと思っていたゲームやスマホを手に入れた子どもの気持ちを想像してみてください。念願叶って『源氏物語』を手に入れた作者が部屋に閉じこもって読みふけったのも、理解できますよね。しかし、この更科日記。「日記」というタイトルはついていますが、土佐日記と同じで、毎日あったことを書いていった、というわけではありません。作者、菅原孝標（すがわらのたかすえ）の娘が十代のころから日記は始まっていますが、この日記を書いたのは少女のころではありません。大人になり、結婚し、子どもは成人。その後、夫に先立たれた時期に書いているのです。もう人生も終わりに近づき、少女のころに思い描いていた夢のような人生とは全く違う自分の身を嘆きながら書かれた、回想録のような作品なのです。

「源氏の君も、薫の君も現実の世界には存在しなかった……」と、ため息とともに書かれているのですが、どうにもこうにもこの文章には思春期をこじらせたような雰囲気が蔓延しています。

「心からあこがれていた物語の登場人物のような人たちとの恋物語は、私の人生には訪れなかった。それに、あの時どうして真面目に勉強をしていなかったのだろう。源氏物語を夢中になって読んでいた時期に、もっと勉強していたのならば、きっと今ごろもっと幸福になって、心安らかに過ごせていただろうに……」

自分の人生を嘆く気持ちが根底にあるので、どことなく文章が恨みがましいのです。本当に。

問 タイトル「更級」の意味は?

答 姨捨山のこと。

その作者の恨みがましい気持ちがよくよく表れているのが、タイトルの「更級」。音がきれいなので、布の名前か何かだと思われがちですが、実際は信濃国(現在の長野県)の地方名です。蕎麦の名産地としても有名なので、「更級蕎麦」で知っている方も多いと思いますが、この名前。なんともう一つ、驚くような意味があります。

それは、姨捨山。姨捨山は信濃国、更級地方にある山です。ちなみに、そこで見える月は格別だという評判があり、観月のために昔から観光名所にもなっていた場所です。

夫に先立たれた後、作者が子どもや身内の人からも離れて過ごしていただろうことは、文面からうかがい知れます。前半の少女時代の無邪気な話とは裏腹に、この更級日記の後半は嘆きのほうが強くなっていき、最後は「まるで私の生活は月の出ない、姨捨山のよう……」と訪ねてきた甥の前で嘆くのです。

月も出でて闇に暮れたる姨捨になにとて今宵たづね来つらむ

単純に「今夜はどんな用件で来たの?」と聞いているだけの和歌なのですが、その前半

が暗い（笑）。観月で有名な姨捨山も、月が出ないのならば行く必要もない。そんな、月の出ない真っ暗な姨捨山のように、何の希望もなく過ごしている私のところへ何の用であなたは来たのですか？　というのが和歌の意味なのですが、こんなふうに聞かれてしまうと、せっかく訪ねてきた甥も次の一言が言えなくなってしまいます。

さらに、昔の友人たちにも「もう私に手紙をくれないということは、死んでいるとでも思っていましたか？　残念ながら、まだ生きながらえているのです」とか「誰も訪ねてくれないから、ずっと泣いてばかりいます」という趣旨の和歌を送ります。

何とも言えない独特の粘着質。感傷的な和歌にすら、うすら寒いものが漂っています。素直に「寂しいから会いたいよ」と書けばいいのに、それを書けないのが、この作者の性格なのです。

更級日記の文章は、とても素敵であることはまず間違いないのですが、どうにも作者の思春期をこじらせた、粘着質な性格が随所に現れています。

そもそも子どものころに「京の都に行かせてください。お願いですから！」と手作りの薬師仏にお願いしたら、偶然にも叶ってしまった作者です。思い込みがちょっと強い女の子が、願えば叶うと思い込んでしまったがゆえに、物語の中のような華やかな生活を望んでいればきっと私にもできるはずだと、夢描くようになります。

しかし、京の都にたどり着いた後は、作者に物語の面白さを教えてくれた継母が父と離

縁してしまいます。それに加え、乳母が亡くなり、あこがれの姫君も亡くなってしまうという不幸続き。ですが、逆にそれらのことが作者を物語の世界に没頭させるきっかけにもなるわけです。

さらに言うと、作者のあこがれた女性像は、源氏物語の夕顔と浮舟。夕顔は源氏物語の序盤に登場する、源氏の恋人です。浮舟は、外伝の宇治十帖に登場する、悲劇のヒロインとして描かれています。夕顔と浮舟の共通点は、両者とも身分の低い姫君でありながらも、その容姿の素晴らしさと運命の偶然ゆえに、高貴な身分の男性に愛されたことです。

特に浮舟は作者と同じ東国へ下ったこともあり、共通項があることで作者はのめり込んだのでしょう。二人の男性から求愛を受け、そのどちらも愛してしまい苦しむ浮舟のように、自分もそんな状態になりたいと思い願いながらずっと過ごし続けますが、作者の人生には全く違う、華やかさのかけらもない生活が待っていました。

平凡であったからこそ、なおさら華やかな世界にあこがれ続けた作者。権力の中枢で華やかな生活をしていた紫式部が、もっと穏やかな生活がしたい、と嘆いていたのとは全く逆です。

「自分の人生は夢物語とは全く違っていたけれど、振り返ってみれば愛しき日々だった。若い時は物語に夢中になるばかりで、なぜあのころをもっと大事にしなかったのか。この寂しい日々に比べたら、あの何でもない日々こそ輝いていたのに」

晩年、そう気付いた作者のかたわらには、もう誰もいませんでした。そんな嘆きとともに、更級日記は終わっているのです。

【原文】

かくのみ思ひ屈じたるを、心も慰めむと心苦しがりて、母、物語など求めて見せ給ふに、げにおのづから慰みゆく。紫のゆかりを見て、続きの見まほしくおぼゆれど、人語らひなどもえせず、誰もいまだ都馴れぬほどにて、え見つけず。いみじく心もとなく、ゆかしくおぼゆるままに、「この『源氏の物語』、一の巻よりして、皆見せ給へ。」と、心の内に祈る。親の太秦に籠もり給へるにも、異ごとなくこのことを申して、出でむままにこの物語見果てむと思へど、見えず。いと口惜しく思ひ嘆かるるに、をばなる人の田舎より上りたる所に

【現代語訳】

このようにふさぎ込んでばかりいる私の心を慰めようと、母が心配をしてくれて、私が読みたがっていた物語などを探し求めて読ませてくださったので、その物語を読んでいる時だけは、本当に私の苦しい気持ちも自然と慰められていった。『源氏物語』の「若紫」の巻を読んで、その続きを読みたいと思ったのだが、自分で誰かに頼むこともできず、家の中の人々はまだ誰も都の生活に慣れていなかったので、「若紫」の続きを見つけることができなかった。無性に読みたくなって、もどかしくて仕方がなかったので、

「この『源氏物語』を一の巻から全部読ませてください」

と、心の中で仏様にお祈りをした。親が太秦のお寺（広隆寺）にご参籠なさった時も、他のことは言わず、

「物語を読ませてください」

ということだけをお願いしてほしいと申し出て、（親が）お寺から出たら（きっと願いが通じて物語が読めるようになっているはずだから）すぐにでも読み通してしまおう、と思っていたはずなのに、その願いが叶うことはなかった。期待していた

渡いたれば、「いとうつくしう生ひなりにけり。」など、あはれがり、めづらしがりて、帰るに、「何をか奉らむ。まめまめしき物は、まさなかりなむ。ゆかしくし給ふなる物を奉らむ。」とて、『源氏』の五十余巻、櫃(ひつ)に入(い)りながら、『在中将』『とほぎみ』『せり河』『しらら』『あさうづ』などいふ物語ども、一袋取り入れて、得て帰る心地のうれしさぞ、いみじきや。

はしるはしる、僅(わづ)かに見つつ、心も得ず心もとなく思ふ『源氏』を、一の巻よりして、人も交じらず几(き)帳(ちやう)の内にうち臥(ふ)して、引き出でつつ見る心地、后(きさき)の位も何にかはせむ。

のに、それが叶わなくてとても残念で、そのことを嘆いてばかりいたころに、田舎から京の都に上京してきている叔母の家を訪ねたところ、

「大きくなってとてもかわいらしくなったわね」

というようなことを言ってくれて、懐かしく、私のことを珍しがってくれたので、帰る時に、

「何をあなたにさしあげましょうか？ 実用的なものはいらないのでしょう？ あなたが欲しがっていらっしゃるものを、さし上げましょうね」

と言って、櫃いっぱいに入ったままの、『源氏物語』の全五十余巻。さらに、『在中将』『とほぎみ』『せり河』『しらら』『あさうづ』などというタイトルのついた物語をたくさん、袋いっぱいに入れてくださった。そして、それを抱えながら帰る時の気持ちは、まさに天にも昇るような気持ちだった。

今までは断片的にとばしとばしで読んでいて、あらすじもよくわからずに、じれったく思っていた源氏物語を、一の巻から、たった一人で誰も入ってこない部屋で几帳の内側に寝ころびながら、櫃の中から引きずり出しながら読んでいく気持ちは、后

昼は日暮らし、夜は目の覚めたる限り、灯を近くともして、これを見るよりほかのことなければ、おのづからなどは、そらにおぼえ浮かぶを、いみじきことに思ふに、夢に、いと清げなる僧の黄なる地の袈裟（けさ）着たるが来て、「『法華経（ほけきやう）』五の巻を、疾（と）く習へ。」と言ふと見れど、人にも語らず、習はむとも思ひかけず、物語のことをのみ心にしめて、我はこの頃悪（わろ）きぞかし、盛りにならば、容貌（かたち）も限りなくよく、髪もいみじく長くなりなむ、光（ひかる）の源氏の夕顔、宇治の大将（だいしやう）の浮舟（うきふね）の女君のやうにこそあらめと思ひける心、まづいとはかなくあさまし。

の位を得ることなど物の数ではないと思うほどうれしいことだった。昼は朝から晩まで。夜は起きていられる間中、燈火を近くに灯して、この物語を読むこと以外のことは何もしないで、自然と物語の文章をそらで覚えてしまうようになったことを、素晴らしいことだなぁ、と思っていると、ある夜。黄色の布の袈裟を着た非常に美しい僧が出てきて、

「法華経の五の巻を早く習いなさい」

と告げた夢を見たのだけれど、人に話すこともせず、また、法華経を人に習おうという気にも全くならずに、ただ物語のことだけを頭にいっぱいにして、

「私は今はまだ（幼いから）美しくないけれど、成長して盛りの時期になったならば、顔も美人になるだろうし、髪の毛もうんと長くなって、光源氏の愛人であった夕顔の君や、宇治の大将の薫（かおる）の君の愛人の、浮舟の女君のようにきっときっとなるだろう」

……と、未来を予想していた自分の姿は、何というか、本当にとりとめもなくて、あきれたような状態だった。

背景知識

## 平安時代の女流作家のあれこれ

平安時代を彩る女流作家には様々な人が存在しますが、この更級日記の作者、菅原孝標の娘や、同時期の日記として有名な『蜻蛉日記』の作者、藤原道綱の母（更級日記の作者の伯母）は、個人名が伝わっていません。それもそのはず、平安時代、その人の本名を直接呼ぶことはとても無礼なことだったので、官位名や役職名、住んでいる場所や館の名前、父親の名前などで呼ぶことが通常でした。清少納言や紫式部に至っても、それはあくまでも呼び名（あだ名）に近いものであり、正式な名前は現在であってもはっきりとはわかっていないのです。しっかりと名前が残っている男性とは違い、女性ではっきりと名前が残っている人々は、主に皇族の姫君や天皇家にかかわりのある女性だけでした。また、当時は文章に名前を添えることも、ほとんどされていませんでした。なぜかというと、とても少ない仲間内で文章を読みまわしていたことから、その筆跡だけで誰が書いた文章なのかを判別できるほどだったので、名前を書く必要がなかったのです。この菅原孝標の娘は『夜の寝覚め』『浜松中納言物語』などの作者でもあるとされていますが、それも確証はとれていないのです。

これからの人生はドラマチックがいっぱい!!
〝スキです〟
〝こまったわ2人ともスキ〟
〝私もスキだ〟

# 十

# 大鏡

成立年代、作者ともに未詳。平安後期に成立とされている。別名『世継（よつぎ）が物語』。歴史や仏教に関心が深い、男性貴族の作と推測されている。司馬遷（しばせん）の『史記』にならって、人物の伝記を中心に記す紀伝体で書かれた歴史物語であり、最初の「鏡物」でもある。特に藤原道長の人物像に関しては、他のどの作品よりも魅力的に書かれている。貴族に人気があり、その後『今鏡』『水鏡』『増鏡』という歴史物語が作られた。四つ合わせて「四鏡」と呼ばれている。

大鏡・競べ弓
# 肝だめし

作者不詳

問　道長と信長の共通点は何？

答　英傑だが、どちらも不遇の子ども時代を過ごしていた。

最初の鏡物であり、歴史物語としても名高い『大鏡（おおかがみ）』。

大鏡の特徴とも言える、語り手に百歳以上というありえないキャラクターを登場させ、昔話を語らせる大胆な設定は、正史に残すにははばかられる人物の行動や性格をリアルに描き出すための工夫でした。

大鏡が書かれたのは平安時代末期ですが、そのころは藤原家の権勢が全盛期を過ぎてかげりを見せ始めていた時代です。その世の中の様子をまるで「鏡」のように映し出し、特

に、藤原道長の栄華の過程を書いている歴史物語が、大鏡です。

作者はわかっていませんが、宮中での男性社会のことを中心に描いていることからも、殿上人であり、藤原家と密接な関係にあったはずの誰か、ということになっています。語り手の百歳以上の老人二人は藤原家に仕えていたことになっていて、二人が寺の中で話した話を違う誰かが書き留めたという体裁になっています。なんと回りくどい設定!!　これはなぜかというと、腐っても鯛、大鏡を書いた事によって、衰えているとはいえ藤原家の権力に押しつぶされてしまうことを作者が危惧し、できるだけ自分の身分を隠したかったからなのでしょう。また、身分を隠したことによって、作者の本音や表立っては言えない事柄が大鏡にはたくさん書き出されました。

道長の栄華は、自分のすぐれた実力だけで勝ち取っただけでなく、後ろ暗い政治的な謀略などを駆使して手に入れたという裏事情を、時に批判的に、権力に逆らうように、大鏡はこれでもかと盛り込んでいます。それはまるでノンフィクションを読んでいるかのごとき面白さに満ちています。もちろん、大鏡に書いてあることがすべて正しい、という確証はありませんが、道長の行ったことを「全てが素晴らしい!!」と賛美ばかりしている、藤原家ヨイショの『栄花物語』よりは、批判的な精神であふれている大鏡のほうが、真に迫るリアリティであふれています。

その中でも意外なのは、平安貴族の頂点たる藤原家に生まれ、当時の帝よりも名前をと

かったことを書き記している点です。
　道長は藤原家の五男として生まれ、家長となることはありえない状況でした。すでに年長の兄・道隆(みちたか)やその他の兄たちが、後継政策をがっちりと構築していたので、五男の道長が入り込むスキなど全くなかったのです。しかし、その兄たちの盤石な足元を、たった一人、政治的な策略で道長は切り崩していきます。
　平安貴族からイメージされる、おっとりとした雰囲気からは想像できないほどに、道長の喧嘩上等な性格でした。その勝気な性格の一端が、この「競(くら)べ弓」のエピソードからも漂ってきます。『枕草子』の中に描かれている藤原伊周(これちか)のエピソードと比べてみると、非常に描写が興味深いです。本当に同一人物なのかなと思うくらい、その姿は正反対。
　また、「肝だめし」に描かれている道長は、怨霊が信じられていた平安期に、「本当に怖いのは生きている人間だ」と言い切ります。間違っていることには真っ向から立ち向かって相手をねじ伏せる道長。目的を達成するためには手段を選ばず、真正面から皮肉を言われても、その意見に怯(ひる)むことなどなく反論します。「お前など、あのお方(藤原公任)の影すらふむことも出来ないだろう」と、父親の兼家に遠まわしに無能だと言われた時ですら、道長は、「影と言わず、私なら公任の顔をふみつけてやりますよ」と、言いかえす気の強さ。血みどろの権力闘争に明け暮れていた平安貴族の意外な姿が、大鏡を読んでいると目の前

に浮かび上がってくるようです。

道長が相当剛毅な性格をしていたことは間違いはなく、道長の人生と性格は、時代は違えどまるで織田信長にそっくりだなと思えてきてしまいます。

織田信長といえば、戦国武将の中でも断トツの人気を誇る戦国の英傑です。しかし、その幼少期はというと、織田家の後継者として恵まれていたとは言いづらい環境で過ごしていました。織田信長は織田家の嫡男（ちゃくなん）として生まれたと思われがちですが、実際は三男として生まれました。うつけものと呼ばれるほどに、幼少期が荒れていたのは有名な話。それは実母の愛情が弟に偏ってしまい、寂しい思いをしたことが原因だと言われています。誰も彼もが織田家の後継としてふさわしくないと評価されていた信長が、父の死を転換期として徐々にその才能を発揮し、頭角を現していきます。

問

## 信長ほど道長の人気がないのは、なぜ？

答

## 栄華を極めたから。

藤原道長も同じく、少年時代は不遇でした。

貴族としては超一流の藤原家に生まれ落ちたとしても、その家督争いは熾烈（しれつ）の極みです。

その中で、最初から期待されていない五男として生まれ、十代半ばで頼りになる母親が他界。すでに盤石な政治体制を作っていた兄たちに道長の存在はかき消されてしまい、義父である源雅信(みなもとのまさざね)には「出世しなさそうな男だな」と残念がられたとか。

その道長に転機が訪れるのは、これも信長と同じく、身内の死がきっかけでした。道長が太政大臣まで上りつめるためには邪魔だった長男、藤原道隆が病気により出家。そして、まもなく亡くなってしまうのです。その後、道隆の後を継いだ三男の道兼も、なぜか急死。しかも、道兼が関白に就任してたったの七日で亡くなってしまいます。

一人が死ぬのならばまだわかるのですが、二人続くとなると、偶然とは考えられません。陰謀説はないようですが、「本当に偶然?」と道長に聞けるものなら聞いてみたいです。

なぜか道長にとっていいタイミングで兄である道隆、道兼が相次いで病に倒れて亡くなり、その後を継いだ中宮定子の兄・伊周も、なぜかタイミングよく女性問題のスキャンダルが起こり、京から左遷され、追い出されます。これらは、たった一年の間に連続で起こったことです。

たった一年で並みいるライバルが全ていなくなり、道長は藤原家の当主へと就任。その後は、「この世をばわが世とぞ思ふ望月の欠けたることもなしと思へば」の歌が示しているように、権力の頂点へと道長は進んでいきました。

実は、歴史的にも人物的にも非常に魅力的な藤原道長。

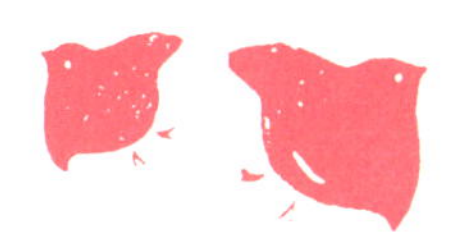

歴史上の人物でその名前を皆が知っているというのに、織田信長のように人気がないのは、短期間で栄華を極めてしまい、最初から成功しているイメージがあることと、武略より謀略のにおいがする腹黒なイメージが強いからなのかもしれません。しかし、この大鏡の中には、教科書の中のイメージとは違う、非常に人間臭い藤原道長の姿が描き出されているのです。

## 【原文】

〈競べ弓〉

帥殿（そちどの）の、南の院にて人々集めて弓あそばししに、この殿わたらせたまへれば、思ひかけずあやしと、中の関白殿おぼし驚きて、いみじう饗応（きやうよう）し申させたまうて、下﨟（げらふ）におはしませど、前に立てたてまつりて、まづ射させたてまつらせたまひけるに、帥殿の矢数、いま二つ劣りたまひぬ。中の関白殿、また御前（おまへ）にさぶらふ人々も、「いま二度延べさせたまへ。」と申して、延べさせたまひけるを、やすからずおぼしなりて、「さらば、延べさせたまへ。」と仰せられて、また射させたまふとて、仰せらるるやう、「道長が家より帝（みかど）・后（きさき）立ちたまふべきものならば、この矢

## 【現代語訳】

〈競べ弓〉

帥殿（藤原伊周）が、南院で人々を集めて弓の競射を行った時に、この殿（藤原道長）がいらっしゃったので、予想もしていない珍しいことがおこったものだと、中関白殿（藤原道隆）はびっくりなさった。（中関白殿は）たいそう道長の機嫌を取りながら、伊周よりも道長は官位が低かったが、伊周よりも順番を前にしてさしあげて、先に射させた。伊周が的を射抜いた矢の数は、道長の射抜いた本数に二本及ばない結果だった。中関白殿と、その場にお仕えする人たちは、

「あと二回、矢を射る回数を延長しましょう」

と申し上げたので、その言葉通り勝負は延長されたが、道長はその言い分が気に食わなかったので、

「それでは延長なさいませ」

とおっしゃって、道長が先にまた矢を射る時に、このようなことをおっしゃった。

「道長の血を引くものから、将来、天皇や皇后になられる方がいるのならば、この矢よ当たれ」

当たれ。」と仰せらるるに、同じものを、中心（なから）には当たるものかは。次に、帥殿射たまふに、いみじう臆（おく）したまひて、御手もわななくけにや、的のあたりにだに近く寄らず、無辺（むへん）世界を射たまへるに、関白殿、色青くなりぬ。また、入道殿射たまふとて、「摂政・関白すべきものならば、この矢当たれ。」と仰せらるるに、初めの同じやうに、的の破るばかり、同じ所に射させたまひつ。饗応し、もてはやしきこえさせたまひつる興もさめて、こと苦うなりぬ。父大臣（おとど）、帥殿に、「何か射る。な射そ、な射そ。」と制したまひて、ことさめにけり。

---

とおっしゃると、同じ当たりとはいっても、なんと的の中心に当たるではないか。次に、伊周が矢を射ったが、道長に気おされてしまい、手も震えていたからか、矢は的の辺りにすら近づかず、見当外れの方向を射てしまったので、関白殿（道隆）は顔色が青くなられた。再び入道殿（道長）が矢を射る時に、次のことをおっしゃった。

「私自身が将来、摂政・関白の地位につくのであれば、この矢よ当たれ」

そう言って矢を放ったところ、初めの矢と同じように、的が壊れるほどの勢いで、同じところに矢は刺さった。関白殿（道隆）は、道長のご機嫌を取り、歓迎した興もさめてしまって、気まずい空気が漂った。道隆は息子の伊周に

「これ以上なぜ射るのか。射るな。射るな」

と伊周が矢を射ようとするのをお止めになって、その場がしらけてしまった。

〈肝だめし〉

花山院の御時に、五月しもつ闇に、五月雨も過ぎて、いとおどろおどろしくかきたれ雨の降る夜、帝、さうざうしとやおぼしめしけむ、殿上に出でさせおはしまして、遊びおはしまして、遊びおはしましけるに、人々物語申しなどしたまうて、昔恐ろしかりけることどもなどに申しなりたまへるに、「今宵こそいとむつかしげなる夜なめれ。かく人がちなるにだに、気色おぼゆ。まして、もの離れたる所など、いかならむ。さあらむ所に、ひとり往なむや。」と仰せられけるに、「えまからじ。」とのみ申したまひけるを、入道殿は、「いづくなりとも、まかりなむ。」と申したまひければ、さるところおは

---

〈肝だめし〉

花山院の御代の時であるが、五月下旬の闇夜に五月雨も過ぎ去って、雨雲がとても気味が悪く垂れ込めて激しく雨が降る夜に、帝は物足りないとお思いになったのか。殿上の間にお出ましになられて、管弦楽の演奏・和歌詠みなどをしていらっしゃったところ、人々がとりとめのない話を帝に申し上げて、その話題が昔恐ろしかったことなどに移った時に、

「今宵はとても気味が悪そうな夜だなあ。このように人が多くてさえ、不気味な感じがする。まして、人気のない離れた所はどうであろうか。そのような所に、一人で行くことができるであろうか」

と、帝がおっしゃったので、

「行くことはできないでしょう」

とだけ申し上げたところ、入道殿（道長）は、

「私はどこへでも参りましょう」

と申し上げたので、帝は面白がりなさって、

「とても面白いことだ。それならば行ってこい。道隆は豊楽院へ、道兼は仁寿院の塗籠、道長は大極殿へ行ってこい」

します帝にて、「いと興あることとなり。さらば行け。道隆は豊楽院、道兼は仁寿殿の塗籠、道長は大極殿へ行け。」と仰せられければ、よその君達は、「便なきことをも奏してけるかな。」と思ふ。また、承らせたまへる殿ばらは、御気色変はりて、「益なし。」とおぼしたるに、入道殿はつゆさる御気色もなくて、「私の従者をば具しさぶらはじ。この陣の吉上まれ、滝口まれ、一人を『昭慶門まで送れ。』と仰せごと賜べ。それより内には、一人入りはべらむ。」と申したまへば、「証なきこと。」と仰せらるるに、「げに。」とて、御手箱に置かせたまへる小刀申して、立ちたまひぬ。


とおっしゃったので、命じられた道長以外の他の君達は、

「道長はなんと都合の悪いことを申し上げたのだ」

と内心、思われた。また、命令をお受けになられた殿方（道隆・道兼）は、お顔色が変わって困ったことだとお思いなったが、入道殿（道長）の様子は全く変わりなく、

「私の家来は連れて行かないでおきましょう。この宮中の警備の者でも、滝口の武士にでも、その中の一人に、『道長を昭慶門まで送れ』とご命令ください。そこから中へは一人で入りましょう」

と申し上げなさると帝は、

「一人で行ったのでは、大極殿まで行ったという証拠がないではないか」

とおっしゃるので、

「なるほど」

と道長は言って、帝の手箱に置いていらっしゃる小刀を申し受けてお立ちになった。

（中略）

「いかに、いかに。」と問はせたまへば、いとのどやかに、御刀に、削られたる物をとり具して奉らせたまふに、「こは何ぞ。」と仰せらるれば、「ただにて帰り参りてはべらむは証さぶらふまじきにより、高御座（たかみくら）の柱のもとを削りてさぶらふなり。」と、つれなく申したまふに、いとあさましくおぼしめさる。

（中略）

その削り跡は、いとけざやかにてはべめり。末の世にも、見る人はなほあさましきことにぞ申ししかし。

（中略）

入道殿（道長）は、ずいぶん長い間帰ってこられないので、どうしたのだろうと帝がお思いになっていたら、さりげなく、何事もなかったかのように、姿を現した。

「どうであったか」

と帝が道長にお尋ねなさると、道長は大変落ち着いて、借りた刀と削られた物を一緒に帝に差し上げた。

「これは何か？」

と帝がおっしゃるので入道殿（道長）は、

「むなしく手ぶらで帰って参りますのは、行ったという証拠がありませんから、高御座の南面の柱の下の部分を削ってまいりました」

と平然と申し上げなさるので、とても驚きあきれてしまった。

（中略）

その削り跡は、大変はっきりとしていて、柱にぴったりだったようだ。後の世でも、その削り跡を見る人はまた、驚きあきれることだと申していた。

背景知識

## 不自由だった平安時代の天皇

平安時代。絶対的な身分の頂点に君臨するのは、言うまでもなく天皇です。けれど、身分が高いからといって、何もかも自由になったわけではありません。身分が高くとも、実権を握っていたのは周囲の貴族たちであり、特に藤原家が権力の中心でした。奈良・飛鳥時代と違い、平安時代になると天皇が直接政治をとりしきるということは少なくなっていきます。もちろん天皇によって違いがあるので一概には言えませんが、平和な世の中を実現し、安定して次代に政治を引き継いでいくために、天皇のいちばん大事な仕事は、優秀な後継者を産ませ育てることでした。この「優秀な後継者」というのは、能力が高い人材のことを指しません。有力な貴族の後ろ盾を持ち、周囲の高級貴族たちに次の天皇になることがふさわしいと思われ、反感を買わない人物のことを指します。たとえ天皇家の血を継いでいても、政治的に有力な後ろ盾がない人物や、周囲の賛同がなければ、その人物は次代の天皇として認められることはなかったわけです。平安時代、絶対的な権力者のイメージが強い天皇。けれども、実は自分の好きな女性と時を過ごすことすらままならない、不自由な生活を強いられていたのです。

# おわりに

「ブログを拝見しました。ぜひとも執筆していただきたいので、お話をうかがえませんか?」

そんなメールがブログに載せているアドレスに届いた日。私が率直に思ったことは、「最近の詐欺って、手がこんでいるなぁ。私をだましても、何の得もないのに……」でした(笑)(本当に、すみませんっ……)。人間、ありえないことが起きると思考停止というか、目の前の出来事を信じられないものなのですね。貴重な体験をさせていただきました。

文LABOのブログを立ち上げたのが二年前の二〇一七年。古典の現代語訳を載せているサイトはたくさんあるから、同じことをしても意味がないし、だったら違うことをしようと真面目な内容ではなく、できる限りわかりやすく、かつ、面白く、役に立たない知識も入れながらこんな「裏」の受け取り方もできるよと書き続けてきましたが、こうして改めて見返しながら原稿を書いていると、今まで自分でも気づいていなかった部分に今回、たくさん気づきました。

古典を読んでいるといつも思うことなのですが、科学や文明がどれだけ進化しても、「人間の考えることって、あんまり変わっていないのだな」ということです。

好きな人がいれば気になって仕方がないし、失恋すれば悲しいし、大事にしてもらえなかったら腹が立つし。嫌味な奴は今も昔も変わらずちゃんといて、泣き寝入りしちゃうこともあるけど、それでも人によっては真っ向から理不尽な仕打ちに立ち向かって、打ち崩す人もいたりして。

そんなドラマ性たっぷりの古典。

受験のためだけにテクニックを駆使してあっさりと読むのもひとつの手ですが、どうせ読むのならば、一見無駄そうでも人生にとって豊かな意味のある知識を少し取り入れて、よりリアルに楽しんでいただけたら、何よりもうれしいです。

最後に、私の文章にとても素敵な四コマ漫画をつけてくださった、イラストレーターのすぎやまえみこさん、最初に文LABOのブログ記事を見つけてくださった笠間書院編集の山口晶広さん、この本にたくさんのアイデアをくださった編集長の村尾雅彦さんに深く感謝いたします。

そして、何よりも過去、私の授業を率直に「つまらない!」と言ってくれたこれまでの生徒たちに。君たちのおかげで、「どうやったら面白くなるだろう」と考える切っ掛けを得ることができました。ありがとうございました。

令和元年長月

松村　瞳

# 出典一覧

### 枕草子
・春はあけぼの『国語2』(光村書院)
・宮に初めて参りたる頃『精選古典B 古文編』(東京書籍)
・すさまじきもの『精選古典B 古文編』(東京書籍)
・かたはらいたきもの『新 精選 古典B 古文編』(明治書院)
・この草子、目に見え心に思ふことを『古典B 改訂版 古文編』(大修館書店)

### 源氏物語
・桐壺『古典B 改訂版 古文編』(大修館書店)
・若紫『古典B 改訂版 古文編』(大修館書店)
・葵『古典B 改訂版 古文編』(大修館書店)

### 徒然草
・序段『国語2』(光村書院)
・仁和寺にある法師『国語2』(光村書院)
・花は盛りに『精選 国語総合 改訂版』(三省堂)

### 平家物語
・冒頭『国語2』(光村書院)
・扇の的『国語2』(光村書院)
・木曽の最期『改訂版 国語総合 古典編』(数研出版)

### 竹取物語
・なよ竹のかぐや姫『改訂版 国語総合 古典編』(数研出版)
・天人の迎え『古典B 改訂版 古文編』(大修館書店)

### 方丈記
・行く河の流れ『古典B 改訂版 古文編』(大修館書店)

### 土佐日記
・帰京『改訂版 国語総合 古典編』(数研出版)

### 伊勢物語
・芥川『改訂版 国語総合 古典編』(数研出版)
・筒井筒『改訂版 国語総合 古典編』(数研出版)

### 更級日記
・「源氏」の五十余巻『精選 古典B 古文編』(教育出版)

### 大鏡
・競べ弓『古典B 改訂版 古文編』(大修館書店)
・肝だめし『古典B 改訂版 古文編』(大修館書店)

# 主要参考文献


・『枕草子のたくらみ「春はあけぼの」に秘められた思い』(山本淳子著、朝日選書)
・『兼好法師 徒然草に記されなかった真実』(小川剛生著、中公新書)
・『古文の読解』(小西甚一著、ちくま学芸文庫)
・『日本語の古典』(山口仲美著、岩波新書)
・『文法全解 枕草子』(安西廸夫著、旺文社)
・『文法全解 源氏物語(一)』(待井新一著、旺文社)
・『文法全解 源氏物語(二)』(待井新一著、旺文社)
・『文法全解 平家物語』(杉田黎明著、旺文社)
・『文法全解 更級日記』(鈴木由次著、旺文社)
・『文法全解 徒然草』(小出光著 旺文社)
・『新明解 古典シリーズ2 竹取物語 土佐日記』(桑原博史監修、三省堂)
・『国語便覧 改訂版』(浜島書店)
・『クリアカラー国語便覧』(数研出版)

**松村 瞳**（まつむら ひとみ）
文章塾「文LABO」主宰。同志社女子大学卒。学生の頃より家庭教師派遣会社で国語指導を担当。生徒の「書けない、続かない、つまらない」の三大「ない」に向き合い、医学部・法学部・経済学部・教育学部など、様々な学部への大学合格を請け負う。2017年より独立し、文LABOを立ち上げる。自己推薦文・小論文・エントリーシート・読書感想文・スピーチ原稿など、「書く」を専門に指導に当たる。月間20万PVのブログ「文LABO」（https://bunlabo.com/）を運営中。

**すぎやまえみこ**
イラストレーター。『レズビアン的結婚生活』（東小雪・増原裕子著、イースト・プレス）『親が知っておきたい1 自分から片づけるようになる 整理整頓』（旺文社）『「受け流す心」をつくる3つのレッスン』（植西聰著、KADOKAWA）ほか、書籍のマンガ・イラストを多数担当。

**古典の裏**

2019年10月10日　初版第1刷発行
2021年 6月30日　初版第2刷発行

著者　松村 瞳（文LABO）
マンガ　すぎやまえみこ
発行者　池田圭子
発行所　笠間書院
〒101-0064　東京都千代田区神田猿楽町2-2-3
電話03-3295-1331　FAX03-3294-0996

ISBN978-4-305-70880-9


装幀・デザイン ―― 鎌内 文（細山田デザイン事務所）
本文組版 ―― キャップス
印刷・製本 ―― モリモト印刷